悟牛斋

诗词选及诗评

厉有为 / 著

海天出版社（中国·深圳）

图书在版编目（CIP）数据

悟牛斋诗词选及诗评／厉有为著．—深圳：海天
出版社，2017.10
ISBN 978-7-5507-2143-2

Ⅰ.①悟… Ⅱ.①厉… Ⅲ.①诗词—作品集—中国—
当代②诗词—诗歌评论—中国—当代 Ⅳ.①I227 ②I207.2

中国版本图书馆CIP数据核字（2017）第215407号

悟牛斋诗词选及诗评
WUNIUZHAI SHICI XUAN JI SHIPING

深圳出版发行集团
海 天 出 版 社

出 品 人	聂雄前
责任编辑	林星海
责任技编	蔡梅琴
装帧设计	深圳斯迈德设计 Smart 0755-83144228

出版发行	海天出版社
地　　址	深圳市彩田南路海天大厦（518033）
网　　址	www.htph.com.cn
订购电话	0755-83460397（批发）　0755-83460397（邮购）
印　　刷	深圳市华信图文印务有限公司
开　　本	787mm×1092mm　1/16
印　　张	29.5
字　　数	300千
版　　次	2017年10月第1版
印　　次	2017年10月第1次
定　　价	128.00元

厉有为简历

厉有为，男，中共党员，辽宁新民人氏。1937年生于农村，从小牧牛，1949年辽宁解放后开始读书，毕业于吉林工业大学机械制造管理工程专业，供职于"一汽"和"二汽"二十余年；继而在十堰市政府、市委，湖北省政府，深圳市人大、市政府、市委，广东省委和全国政协从政二十五个春秋。

退休后以民为友、以牛为友、以诗为友、以球为友。

读大学留影

1985 年冬去京请中央批准十堰市防洪经费，途经老河口汉江边。

在中央党校学习

1985年在十堰小川乡调研

看望深圳帮助兴建的十堰大川乡希望小学。右为十堰市委书记赵斌，左为孔庆藻。

1989年在黄石调研，研究黄石电厂扩建问题，右二为厉有为。

军民共建文明深圳

在深圳市第一届一次人代会上投票选举，当选为深圳市第一届人大常委会主任。

在深圳坝光村调研

在江西井冈山开展特区与老区心连心活动

在全国八届三次人代会上

在上海全国改革之星颁奖并论坛大会上与张卓元教授在一起（2003年）

在辽宁盘锦中国矿业城市发展论坛上讲话

在黑龙江黑河市

把收藏的牛雕等艺术品 1500 余件捐给深圳市政府

在 IBM 总部。左为任正非，中为 IBM 总裁。

与杨广惠（左）、刘波在诗社。

孙子孙女敬酒，爷爷奶奶都高兴。

目　录

第一部分：格律诗

第二部分：词

第三部分：新诗

第四部分：诗评

目录

公仆情怀　诗家异彩

——厉有为先生诗词集序

◎周笃文

中国是举世无双的诗国，早在四千年前，虞舜的《南风歌》《卿云歌》就已横空出世，掀开了人类诗史的首页。这些仁民爱物、歌颂光明的杰作，对中华文化产生了极大的影响。隋唐以后开科取士，作为定制，诗成了必考的项目。那些金榜题名的政治精英，个个都是诗词高手。开元年间，唐明皇亲选太守于送行宴上赠诗征和，并予重赏，更推动了唐诗的繁荣。在我国辉映万古的诗词中，很大一部分是治国主政的官员作品。由于他们文化高、见识广、影响大，又有很深的人文情怀，发为诗词，往往能化民成俗，广为流传。这种优良传统，在厉公身上得到完美的继承。他从宦三十余年，一直以诗为伴，创作了上千首诗词，字字句句饱含着对人民的关爱，对公理的追求，对事业的开拓。可谓一步一座金矿，一步一串雷声！这些作品，无不闪烁着仁民爱物的人格光辉与精诚吐哺的公仆情怀。请看以下诗作，如《胡耀邦总书记为百姓解难》云：

千里相隔两地愁，愁完春种又愁秋。

夫妻见面芳心碎，母子搀扶热泪流。

草舍一间居几代，口粮几代啃一筹。

达天信件批复日，一举消除万户忧。

（注：十堰市"二汽"复转军人职工，两地分居，困难重重。厉公作为市长乃上书耀邦总书记，建议以吃议价粮，不加重国家负担转为城市户口。耀邦做了同意的批复，并指出这是城市化改革的方向。一举解决了十堰市4155户、14415人的农转非问题，可谓福佑万家的德政。）

再如《关广富书记为我解难》云：

民生大计心头患，政府为难肺腑铭。

下定决心"三不要"，放开一语谢恩情。

（注：十堰是新建市，教育资源严重缺乏。如何引进人才，办好教育，使"二汽"职工安心，是一大难题。为此他大胆提出引进师资"三不要"，即不要人事档案、户口关系和粮食关系，以较优厚的待遇招聘大城市的优秀教师。这项举措招来不少批评和责难，但获得关广富书记的支持，问题得到圆满解决。）

另如"为深圳找水"也是一项天大难题。深圳是全国七大缺水城市之一。厉公履任之初，面临百万民众连夜排队接水，工厂因缺水停产等严重困难。于是他下定决心，知难而上，到处找水。其《杏花风·找水》云：

市民夜半难安睡，等待深更接水。大桶小盆分配，街口排长队。

可怜市长心儿碎，四处找寻源水。上项目，超常规，水到心田美。

又《在深圳铁岗水库》：

> 瑶池飘渺落人间，碧水清波聚众仙。
> 鹤舞莺歌欢树上，龙翔燕掠画堂前。
> 举杯畅饮千钟酒，弄韵高歌满乐园。
> 怎忘当年"龙闭口"，市民渴望饮甘泉。

（注：深圳严重缺水，52个工业区停水，居民楼二层以上无水……经过多年努力，109公里的引水路线，其中70多公里涵洞，把水引入西丽水库，又连铁岗水库。工程之巨，耗时之长，投资之大，代价之高，前所未有。）

从十堰的农转非户口，到深圳的缺水问题，都是关系民生的天大难题。厉公排除万难，一一加以解决。这是何等大智大勇的决策，何等泽被万家的德政，又是何等光耀八表的好诗啊。

厉公更是一位有为有守、刚直不阿的政治改革家。在从政路上，他锐意改革，勇于有为，也迭遭挫折。如在党校学习期间，他殚精竭虑写的毕业论文《所有制若干问题的思考》，竟遭到某些官员的大声讨伐：定为反党言行，建议开除党籍，撤销职务。幸蒙主要领导的关护，才躲过此一大劫。这都反映在《采桑子·晴天霹雳》中：

反党言行，叛道言行，帽子横加罗罪名。是非历史当公正，血路一城，奉献一城，奋力犁前汗水盈。

这种高风亮节，敢冒天下之大不韪的勇气，太令人佩服了！厉公一生行事，唯真理是求，敢于创新，勇于作为。如在《"中国（上海）自由贸易试验区"挂牌有感》中说：

二十年前论自由，相加棍棒辱和羞。
阴霾纵盖京畿愧，暴雨横流国士忧。
自贸旌旗飘上海，雄飞龙凤跃神州。
潮流浩荡谁能挡？历史波澜颂国瓯。

历史潮流不可阻挡。虽然厉公二十年前曾做出了这一设计，却遭到上峰的否决与批判，但成功不必在我。此诗乐观其成的态度，体现了厉公成功不必在我的大度与远识。

厉公诗作，丰富多彩。除了民生大计，政治风云之外，还有更多的人情物态、山水游踪等，同样令人有目不暇接之快。如《夜游柳州柳江》：

柳江九曲绕龙城，百里画廊百里灯。
倒影江中随浪闪，游船笑过彩桥横。

首句"九曲绕龙城"，写足了山水的气势。但作者构思之妙，更在于景的描绘，而且是写倒景之特美：百里灯影画廊，随江波闪烁。笑声不断的游船，也在倒影中横过彩桥。角度一变，更妙不可言了。又其《住北戴河观海楼》：

> 听涛云梦里，观海日东方。
> 豪气诗章妙，天风韵味长。
> 山川留胜迹，历史写凄凉。
> 爽意秋光醉，举杯祝国强。

此诗气象雄浑，韵味沉酣，将海天、今古熔为一炉。既有广阔的地域感，又有悠远的时间感，更有强烈的现实感，是一首囊括三度空间之佳作。"梦里听涛"有谁写过？另其《高阳台·西北游》：

> 地阔天长，山高水远，雄关漫道迢迢。沙滚高原，黄河壶口奔涛。如今踏上英雄道，忆当年，战火狂飙。雪飘飘，冻地冰天，嘶马兵刀。
> 轻歌曼舞秦关外，正游人似织，旅者如潮。斗转星移，春来雪化冰消。天和日丽风光好，北斗星，明亮高标。谓今朝，华夏园林，硕果丰饶。

此词句正腔圆，情深笔健，非凡手所能到。上片怀古：以雄关沙滚，壶口涛奔，烘托冰天战火、嘶马兵刀的历史搏杀，何等触目惊心。下片则以北斗高耀、天和日丽的朗朗乾坤，赞美当今生活之和谐幸福。用对比的手法，为"中国梦"做了生动而诗化的演绎。

闲情别趣，在厉公的诗中也屡见不鲜。如《踏莎行·牧童过江》：

> 堤坝弯弯，江流荡荡，黄牛沉稳冲冲浪。牧童跳入水中游，扯着牛尾高声唱。
> 北调南腔，浑然响亮，书包放在牛背上。急流冲过急漩涡，险情过后书包忘。

把牧童稚气调皮，写得活灵活现。"险情过后书包忘"更像相声中的包袱，抖得妙不可言。再如《一带一路》：

> 一带一路走高棋，一陆一海联东西。
> 一招一式促合作，一举一动破大题。

将如此重要的战略做了极为生动形象的艺术概括，真是举重若轻啊。"破大题"三字，下得极妙，尤有深度，非凡手所能梦到。

打高尔夫球是厉公的业余爱好，可谓乐此不疲，一直从中国打到英国，还捧回来一座奖杯。其《苏格兰皇家高尔夫俱乐部授功勋奖杯》云：

> 海外金杯第一回，神州强大世人随。
> 传播友谊增光事，当笑东风猛劲吹。

又《在云南昆明打球》：

红透心扉绿透城，彩云飘逸伴痴翁。

山光漫漫春光驻，池浪潾潾日灿明。

碧草茵茵球道雨，红旗霍霍岭头风。

挥杆赏景心宽敞，喜见滇州世道清。

国家的兴旺、迷人的美景与透心的欢快，催生了这组令人动情的佳作。

哲思理趣，也是厉公诗中的闪光点。如《海》：

吐日吞云纳万江，五洲同此在身旁。

胸怀究竟谁宽大？异口同声用我量。

"用我量"真是落想天外的惊人语哦。

反思历史是厉公的深刻过人之处，也是他不断成熟的阶梯。早在1964年他写的《大学毕业感时》就有："寒门学子苦读书，跃进时光路歧途。大炼钢铁全停课，深翻土地书已疏。"在举国发昏时，能保持着清醒的头脑，时刚二十几岁，不易哦！他在《点绛唇·逆风壮汉》中说：

做事刚强，逆风壮汉为人爽。性格奔放，利益多谦让。

交友真诚，来往通明亮。心怀敞，任他风浪，南北江山闯。

又其《满庭芳·人生路》：

名利如冰，人民地厚，日月光照千秋。命随长短，为众愿当牛。汗水流于大地，效祖国，公利先谋。家难顾，杀开血路，舍己弄潮头。

身修，私利弃，赢亏不计，奋斗难丢。愿甘做靶心，箭镞残留。正气弘扬不惧，几十载，宦海沉浮。人生路，沟沟坎坎，回首笑神州。

好一派气冲霄汉，掷地有声的词章！谁能不对这位一心为民铁骨铮铮的改革家肃然起敬呢。

诗词是厉公终身相随的业余爱好。他的诗词集反映了他心灵的脉动，是其事业成功的支撑点与软实力之表现。诗意的灵心、博爱的情怀和主义的信仰是他辉煌人生的定海针与加速器。相信此书的出版，一定能获得众多的知音，并推动诗词事业的发展。最后，以一首小诗结束我的短文：

厉老高名四海扬，新民才子妙难双。
为民请命涂肝胆，治党投书做栋梁。
血路冲开天朗朗，东风漫卷国光昌。
拓荒牛是炎黄种，闯出中华第一强。

乙未冬至于云山别业影珠书屋

（周笃文，男，1934年生，湖南汨罗人。中国新闻学院教授，从事古典文学研究40余年。历任韵文学会常务理事，副秘书长，《韵文学刊》副主编，中华诗词学会副会长兼秘书长，《中华诗词》常务副主编。）

一位永远的拓荒者的诗性情怀

——厉有为先生诗词集序

◎陶 涛

人类之所以伟大，在于人类能创造伟大的文明；人生之所以有意义，在于人们能开拓出一片新的天地，走出一条前人没有走过的通向未来的道路。鲁迅先生说，世上本来没有路，走的人多了也便成了路。这就更彰显出第一个或第一批走上这条路的拓荒者，何其艰辛，何其聪颖，何其伟大！

近两百年来，积弱积贫的中华民族，无时无刻不在梦想着汉唐时期的强大与富庶。康有为、谭嗣同、梁启超、孙中山、鲁迅、毛泽东……多少仁人志士前仆后继，艰苦探索救国救民的真理和道路，谋求民族的自立自强，实现富国富民，强国强军的梦想。直到邓小平、胡耀邦等一大批改革家，总结正反两方面经验，脚踏实地，在社会主义政治体制的架构上，引入市场经济，拓荒中国特色的社会主义道路，终于取得了空前的成功。

在开创中国特色社会主义道路的诸多拓荒者、改革家的队伍中，人们不能忘记一个响亮的名字，一位著名的永远的开拓者，一名颇有作为的改革家，一头披荆斩棘、艰苦备尝、血汗淋漓的拓荒牛：厉有为。

厉有为先生是个出身寒门的放牛娃，对底层百姓的疾苦有亲身感受的深入体察，对牛的习性、功能有耳濡目染的熟识了解。因而他学牛、友牛、爱牛、敬牛，以牛自名，以牛自居，以牛自命。他搜集了世界各地不同材质的牛雕千余件（后都捐给了市政府），他把自己的书屋命名为"悟牛斋"，而且以诗释之："牛悟我来我悟牛，苦作一生热汗流。鞠躬尽瘁为大众，骨角皮肉不曾留。一悟再悟天天悟，一修再修日日修。悟得牛品多奉献，修得人生少烦忧。"可见，牛已成为他人格的图腾，牛也成为他诗中的一大意象。

有关牛的题材，涉及牛的意象的作品竟有一两百首之多。在诗人笔下以牛为意象的作品彰显出两种鲜明的导向：其一是崇尚牛德，践行牛品，全心全意为人民服务，为老百姓纾困解难。这就是鲁迅先生所推崇的"横眉冷对千夫指，俯首甘为孺子牛"的人民公仆的情怀。诗人一而再，再而三地歌咏、赞美这种"孺子牛"精神并以此自明自励："四面湖山归眼底，万家忧乐到心头。读书知理当为国，从政甘为孺子牛。"（《从政》）"立下为民志，勤耕效国家。南疆开血路，幸福满中华。"（《咏深圳孺子牛雕塑》）"月圆月损又金秋，雨雨风风苦探求。北战南征求满月，酸甜苦辣喜当牛。"（《中秋节感怀》）"万古千秋铸美魂，原来就是丑精神。涓涓血汗流长路，飒飒风云战晓春。负轭拉犁凭众力，拖车载谷慰民心。民强国富神州变，怎忘群牛拔苦根。"（注，丑者牛也）

— 10 —

（《奉和陶涛老师题赠〈孺子牛〉》之一）"模范标杆尊上臣，缺柴少米不嫌贫。终身不叫一声苦，传世酬劳几代人。虽任鞭笞无怨恨，漫吟痛苦守嶙峋。人间世道多掺假，只有牛途总认真。"（《咏牛》）这些滚烫的发自肺腑的诗句都十分明确地宣示了自己读书明理，当官从政的目的，不是骑在人民头上作威作福，鱼肉百姓，而是老老实实，认认真真做人民大众的牛，甘于吃苦，乐于奉献，不是一时一事，而是一辈子做到生命终止的那一天。于是诗人发问道："谁同大众最相亲？谁与田园不可分？谁将功名当粪土？谁为奉献苦耕耘？谁能哑口疾寒忍？谁不张扬事业勋？谁肯终生为百姓？沧桑世道愿负薪！"（《咏牛》）

正是在这种"甘为孺子牛"的思想指引下，他身体力行，敢于担当，全身心地投入炽热的"三线""二汽"建设，"路迢迢，满布荆棘，水远山高。神州铁马山中造，看扬威志气，彰显英豪。夜战车间，抢工每每通宵。"（《高阳台·忆参加"二汽""三线"建设》）"武当山下安家，堵河水边筑堰。开山打洞，群情奋，旌旗招展。草履穿林过山崖，天黑险途难返。　图纸上，厂房布满。山角下，炮声不断。汗流合雨高歌，夜深挚情低唤。……待何时？驰骋'东风'，万众目光企盼。"（《东风第一枝·参加筹建中国第二汽车制造厂》）虽然任务艰巨，生活艰苦，但乐观自豪的情绪溢于言表。

正是这种"甘为孺子牛"的情志，令他敢于去接受新任务新工作。"仕路明知险且惊，百般不愿虎山行。千思万想民恩重，一事多私自觉轻。考验面前无退却，重负肩上有担承。武当迈步从头越，雨雪风霜任纵横。"（《接到调令之后》）就在十堰市市长任上，他关心百姓疾苦痛痒，积极作为，甚至为民请命，这些均一一以诗记之："治河引水千家愿，筑路开山万户求。戴月披星行大道，改天换地乐筹谋。"（《十堰抒怀》）"龙跃山间旋二百，凤翔楚域展三千。详查细看源头水，饮水安全任在肩。"（《到界岭》）"三千菜地双赢事，一路通达两地亲。绕过困难多善举，为民谋利必艰辛。"（《再访郧县》）"深山建厂称'三线'，一厂一沟亦自然。暴雨山洪明史志，车间水毁有经年。百年大计实无计，无力防洪只少钱。危难之中先念示，工程喜竣保平安。"（《李先念主席批示解决十堰市防洪经费问题》）"千里相隔两地愁，愁完春种又愁秋。夫妻见面芳心碎，母子搀扶热泪流。草舍一间居几代，口粮几代啃一筹。达天信件批复日，一举消除万户忧。"（《胡耀邦总书记为百姓解难》）每首诗的背后都有一个动人故事，每个故事中间都有一个民生疾苦的大难题，每道难题破解之中都闪现着一个高大的孺子牛的身影，以及破解之后写出了作者一时的欣慰，写出了诗人豪旷的"孺子牛"的情怀。

　　其二是崇尚、弘扬了攻坚克难、勇于创造、创业、创新、开拓的拓荒牛精神。孺子牛精神固然高尚伟大，拓荒牛精神尤其可贵不可缺少。没有创造、开拓精神，面临的困难无法解决，新的道路无法探索、开辟，人民群众的理想愿望无法实现，社会无法再继续前进。毫无疑义邓小平同志是中国特色社会主义道路的开拓者和总设计师，但这条道路是何等艰难伟大的系统工程，她召唤着千千万万的勇敢的拓荒者投入其中，在每一项具体的工程中，在每一个实际生活的领域里去闯关夺隘，攻城略地，为"中国特色"的系统工程打下坚实的基础。我们有幸在这批脚踏实地的拓荒者的群像中，看到厉公的身影。

早在20世纪60年代中期，他就风风火火奔赴鄂西，为新的汽车城创业拓荒："迢迢千里奔鄂西，风紧战云低。一声令下，千帆竞比，马不停蹄。　运筹'二汽'奔'三线'，为国别荆妻。缺柴少米，山为驻地，矢志难移。"（《秋波媚·奔"三线"》）建功立业的激情在心里燃烧，诗一般的豪情在胸中鼓荡。在十堰市市长任上，面对教育资源严重缺乏，为了引进优秀师资，他大胆提出"三不要"的创新思维（不要人事档案、户口关系、粮食关系），开拓出一片教育的绿洲。

从"二汽"到十堰，到湖北，到深圳，每一步都是拓荒之路。到深圳前中央某领导在北京找他长谈："要把你送到风口浪尖，那是经济特区，你去接受考验。"在湖北省委也无法挽留的情况下，"于是，我决心前往，难道是火海刀山！"（《送别孟连昆同志所想到的》）于是，"一纸匆匆调粤疆，兼程风雨拓新荒。蓝图欲改千秋史，方略更张百代乡。"（《鹧鸪天·拓荒牛》）于是，"洒一腔热血去耕田，负轭沐晨光。奋蹄原野上，力雄气壮，志气昂扬。拔掉穷根山倒，骤雨拓蛮荒。步步留深印，总向前方。　双角一挑城起，四蹄降魔魅，崛起南疆！路新凭开创，血汗铸华章。起高楼，摩云亲月，建园林，亭榭韵悠长。莲山上，伟人开路，阔步铿锵。"（《八声甘州·深圳拓荒牛雕塑》）

生命不息，开拓不止。在小平同志理论指引下，他置个人得失利害于不顾，一个劲儿地敢闯敢试，冲锋陷阵。根据深圳资源匮乏的现实，他把目光和精力全集中在引进和培植高新技术产业，创建高新科技园，实现深圳经济的关键转型。他生来就不是一个墨守成规的人，他是一个开拓型的大材。拓荒、创业、创新，是他命里注定的人生目标，也是他从骨子里天然生成的性格。然而在荆棘满地的原野上拓荒、创业，绝不是一条平坦的道路，要突破旧思想旧体制的束缚，谈何容易！多少年后他深有感触地写道："风口浪尖弄潮头，改革必伴热血流。血路杀得伤遍体，夕阳染红孺子牛。"（《血路》）发生在中央党校的围攻他毕业论文的那一幕，简直惊心动魄；有关他与最高司法部门关于贤成大厦枉法案件的争拗也令人难忘，他是一个踩着一颗颗地雷前进的永远的拓荒勇士！

厉有为先生的社会职务是一名政府官员，一名党的高级领导干部。但他本质上又是一位诗人，诗是他最真实最活跃的生命形态。理想信念、诗情都是他人生的精神支柱。他以牛作为自己的人格象征和立身符号。因而他既具有孺子牛的奉献品德，又具有拓荒牛的开拓精神。牛又是他诗中最具标志性的意象，因而他的诗内涵丰富，形象和诗情达到高度的和谐统一。即使是大量的登临、感怀之作也无不是一个拓荒者家国情怀的流溢与发散。他始终以饱满的诗情记录着他从政为官、改革拓荒的步履，因而他笔下的作品无不洋溢着拓荒、创造的豪情，探索、克难的坚毅，关注百姓疾苦的悲悯。在现实生活中，像他那样把政治家、改革家和诗人两种身份结合得如此天衣无缝、如此完美的人，已很难寻找了。于是不禁以诗赞道：

拓荒事业上层楼，甘作人民大众牛。
脚踩地雷频探索，口吟诗韵似江流。
鳞伤遍体耕原野，硕果满园解国愁。
百代政文原一体，苏辛欧晏看从头。

2016年6月初于梅林一村

（陶涛，男，湖南人，原为深圳大学中文系主任、教授，现为深圳长青诗社社长。）

第一部分：格律诗

青年时代（新韵）

人生最美是青年，梦想多多驾远帆。

上进学习无后虑，追求幸福有先贤。

彩虹绚丽云中雨，旭日喷薄海上天。

憧憬光明图远大，寻求理想勇直前。

家世（新韵）

汗水合泥又一秋，心情热切盼丰收。

贫瘠土地苗难长，暴躁洪灾土怎留。

野菜采撷甜满口，家瓜煮烹美心头。

一家仁孝平安好，淡饭粗茶不哽喉。

接到调令之后

仕路明知险且惊，百般不愿虎山行。

千思万想民恩重，一事多私自觉轻。

考验面前无退却，重负肩上有担承。

武当迈步从头越，雨雪风霜任纵横。

注：1983 年 10 月 4 日湖北省委组织部下文提名我为十堰市市长人选，任代市长。黄正夏老书记找我谈话，我不想到任，百般推辞无果，在 10 月 10 日到任开始从政。

从政

四面湖山归眼底，万家忧乐到心头。

读书知理当为国，从政甘为孺子牛。

注：前两句出自岳阳楼名联。

十堰抒怀

穷乡僻壤一犊牛，雨雨风风闯郧州。

脚踏秦巴山险陡，手挖十堰洞阴幽。

治河引水千家愿，筑路开山万户求。

戴月披星行大道，改天换地乐筹谋。

注：1984年10月我任十堰市市长一周年。郧州即郧阳地区，古时称均州。十堰地处秦巴山脉，当年毛泽东提出"深挖洞、广积粮、不称霸"，我们曾利用休息日挖防空洞不止。

到界岭

脚踏云端手触天，欢呼雀跃做神仙。

昂头幻觉峰前隐，放眼直观岭后悬。

龙跃山间旋二百，凤翔楚域展三千。

详查细看源头水，饮水安全任在肩。

注：1987年5月8日去十堰市的水源地汉江支流堵河源头界岭，考察河流污染情况。界岭是湖北与陕西交界的最高峰。民国26年修的老白公路盘山上下200余旋。汉江和堵河就如凤凰展翅般飞在荆楚大地上。

再访郧县（新韵）

率团乘假访州邻，此乃肩托万众心。

寻找共同开发路，谋求一体结联姻。

三千菜地双赢事，一路通达两地亲。

绕过困难多善举，为民谋利必艰辛。

注：1987年5月10日趁星期天休息，我率十堰党政班子成员访问郧县，洽谈在该县柳陂建三千亩蔬菜基地，并修建十堰到柳陂的30公里公路，双方达成协议，由十堰市在三年内提供口粮、种子、化肥等资金补助。但郧阳地委某主要领导反对，只好绕过地委直接与县谈判。

感恩十堰父老乡亲

风雨同舟二十春，一朝惜别苦呻吟。

车间夏战红旗烈，田野春犁绿草茵。

教室书中同探路，兵营帐下共交心。

阳光雨露乡亲予，孺子情深话感恩。

注：湖北省人大常委会 1989 年 7 月 10 日全票通过任命我为副省长。我于 1989 年 7 月 25 日离别十堰父老乡亲，到武汉上任。在十堰工作 22 年，其中"二汽"工作 16 年，在市里工作 6 年。

胡耀邦总书记为百姓解难（新韵）

千里相隔两地愁，愁完春种又愁秋。

夫妻见面芳心碎，母子搀扶热泪流。

草舍一间居几代，口粮几代啃一筹。

达天信件批复日，一举消除万户忧。

注：1983年我任十堰市市长后，经调研了解到，"二汽"建厂时招收的河南、湖北一万五千名转复军人职工中，他们家属多数为农村户口，两地分居，生活十分困难。转复军人职工每年要回家帮助妻子春种秋收，严重影响汽车生产。有的转复军人职工家属为与职工团聚来到十堰，生活无着，在山边搭草棚居住，一家人吃职工一人口粮，孩子不能读书，家属拾荒为生。当时农村户口转为城市户口指标控制十分严格，若用这一指标解决他们农转城户籍问题，一百年也解决不了。于是我以市委书记王清贵和我本人的名义，给总书记胡耀邦写信，建议在十堰市进行中小城市户籍制度改革试点，这部分农转城家属吃"议价粮"，不增加国家负担。此信送达后，胡耀邦总书记完全赞成这一建议，批了420多字，并指出这是城市化方向。我们于1984年下半年进行了户籍制度改革试点工作，我任改革领导小组组长，程秀杰政法委书记任副组长，解决了"二汽"和市里4155户、14415人的农转城户口问题。湖北省省长黄知真也用此办法解决了大冶铁矿和丹江口工程局等十几万人的农转城户籍问题。

李先念主席批示解决十堰市防洪经费问题

深山建厂称"三线"，一厂一沟亦自然。

暴雨山洪明史志，车间水毁有经年。

百年大计实无计，无力防洪只少钱。

危难之中先念示，工程喜竣保平安。

注："二汽"建在十堰大山里，二十多个分厂建在二十多条山沟里。建厂时没有防洪设计，也没有防洪投资。我任十堰市市长后，十堰防洪问题压力很大。1984年7月29日的洪水让人记忆犹新："二汽"40多个车间泡在水中，厂房倒塌，供水、供电、通信中断，道路、桥梁、高压线被冲垮，农田被毁，汽车停产，死亡14人。十堰市防洪虽有设计，但无钱实施。于是我与书记王清贵商量，以我们二人名义给先念写信，请求他的帮助。我于1984年9月1日写好了信，送到北京，不久先念主席在信中批示："依林同志并宋平、正英同志：二汽和十堰市的防洪问题，要抓紧解决，这笔钱应该花，否则，一旦发生类似安康的灭顶之灾，损失就难以估量，请酌。李先念1984年9月27日。"接着钱正英部长批准十堰防洪经费3000万元，列入国家计划。我们用两年多时间做好了十堰的防洪工程。

关广富书记为我解难（新韵）

穷乡僻壤建山城，少教缺师有怨声。

子女独生珍宝贝，爸妈一意盼成龙。

民生大计心头患，政府为难肺腑铭。

下定决心"三不要"，放开一语谢恩情。

注：我当时作为十堰市的党政领导人，对十堰教育资源的缺乏深感忧虑。教育搞不好，来自大城市的"二汽"职工能安心在山区工作吗？城市缺少教育人才，能发展吗？于是市委市政府决定采取"三不要"（即不要人事档案关系、不要户口关系、不要粮食关系）的办法，招聘大城市的优秀教师到十堰任教。全家搬来后分配全新的住房，配偶子女符合就业年龄的安排就业。全国大城市的优秀教师踊跃应招。于是某大学向中央告状，中央某领导批示要纠正，湖北一些城市领导也给湖北省委施加压力，要求把招来十堰的教师送回去。在此紧急关头，省委书记关广富在湖北省领导干部大会上说："我们大城市的领导要好好想一想，你们的教师为什么往人家大山区的十堰跑？你们的知识分子政策落实得怎么样？……这批十堰招聘的教师经过动员，愿意回去的送回去，不愿意回去的都留下。"关书记的一席话把我彻底解脱。没有一名教师愿意回去的。

在中央党校读马恩著作
看苏联发展感赋

马恩著作盛其名，社会研究律法精。

惊叹苏联当棍棒，欺蒙百姓做条经。

无情篡改阶级论，有意颠翻市场崩。

实践方知"真理"谬，更张路线待权衡。

注：1988 年 6 月我在中共中央党校培训部学习一年。期间读了
大量马恩原著，在读了斯大林的《社会主义经济问题》一书之后，
有感而发。马恩理论实质是教人们看待事物的世界观和方法论的学
问，苏联则把这一学问当成统治老百姓的棍棒和教条。苏联以阶级
斗争为口号打击、消灭持不同观点的人；搞计划经济，使市场崩
溃。苏联把马恩理论篡改后，作为真理实则谬误。苏联走过的路子
是否正确？我们应不应亦步亦趋？值得权衡。

拓荒牛

南疆行使命，改革浴春风。

孺子千秋业，群雄万古情。

"农民工"

"农民工"苦命，城市怎容身？

虽把高楼建，蜗居冷透心！

咏深圳孺子牛雕塑

立下为民志，勤耕效国家。

南疆开血路，幸福满中华。

咏江西共青城飞牛雕塑（新韵）

飞牛屹立共青城，磊落光明世上雄。

效国为民全奉献，大仁大义写人生。

注：江西共青城为胡耀邦任团中央书记时创建，现胡耀邦安葬于此。

敬和陶涛老师赠诗

您是骏骝我是牛，共承大业拓疆畴。

耘耕各尽春秋力，晚岁同歌啸傲秋。

附：陶涛老师赠诗

俯首甘为孺子牛，辛勤负轭拓田畴。

作为大有科花艳，喜看枝头果满秋。

中秋节感怀

月圆月损又金秋，雨雨风风苦探求。

北战南征求满月，酸甜苦辣喜当牛。

奉和李继勋先生
《题赠〈孺子牛〉》（二首）

（一）

群牛聚力各精神，开拓南疆奋勇奔。

血路诗词吟往史，得来富裕万民心。

（二）

冉冉东升日一轮，欣欣负轭奋耕耘。

辛勤汗洒神州变，孺子心中总是春。

附：李继勋先生《题赠〈孺子牛〉》

　　精品谐诗奂美轮，催人奋进乐耕耘。

　　拓荒岁月峥嵘史，一片丹心万象春。

　　注：《孺子牛》系指2010年出版的配诗词的图册——献给深圳经济特区建立三十周年，厉有为赠"牛"艺术精品及《拓荒牛诗词选集》。李瑞环题写书名，胡启立作序，李岚清题字，全国征集拓荒牛诗词，入选850多首。本书选入296首。李继勋为贵阳医学院教授，曾任全国政协委员。

奉和吉增伯老师
《题赠〈孺子牛〉》（二首）

（一）

诗坛盛事聚歌吟，共赞南疆孺子魂。

百态群牛荒拓路，精神万古赐来人。

（二）

牛雕牛画入诗吟，岁岁传承岁岁新。

历史留存鞭印记，创新改革待来人。

附：吉增伯老师《题赠〈孺子牛〉》

牛诗牛艺入歌吟，深圳精神万古新。

带血鞭痕含泪舔，诗人原是弄潮人。

（吉增伯，男，1940 年生，江苏南京人，现为全球汉诗总会深圳分会会员、深圳长青诗社常务副社长兼秘书长。）

原韵奉和金文正老师（二首）

（一）

为官本是拓荒牛，血汗应挥绿野畴。

呵护民生为己任，一生苦乐壮神州。

（二）

黎庶从来弱势声，声声苦唤总关情。

为官一任知民苦，国泰民安颂小平。

附：金文正老师原诗（二首）

（一）

不做高官只做牛，拓荒流汗乐田畴。

一生辛苦无遗憾，笑看诗花遍九州。

（二）

愿发黎民心底声，喜吟诗赋吐豪情。

口碑更比石碑好，深圳千秋夸小平。

（金文正，男，安徽人，现为阜阳一中老师。）

咏牛

模范标杆尊上臣，缺柴少米不嫌贫。

终身不叫一声苦，传世酬劳几代人。

虽任鞭笞无怨恨，漫吟痛苦守嶙峋。

人间世道多掺假，只有牛途总认真。

安然

人民利益耸如山，甘愿为牛重任担。

犁地耕田皆尽力，一丛野草亦安然。

笨牛

笨牛笔作枪，战斗在南疆。

只晓民生乐，更图国富强。

负重耕牛

负重耕牛特有神，犁铧步步印蹄深。

金银财宝人拿去，老卧残阳病苦吟。

打水仗

牧牛辽水岸，水仗打翻天。

衣服谁人掠？鱼龙潜浪间。

牧牛

辽水一帆风，长堤万种情。

黄牛悠自在，童子放风筝。

群牛

离乡背井不知愁，苦辣酸甜作练修。

事业成功凭拓创，群牛热土竞风流。

同韵奉和王敏健老师《恭贺拓荒牛与千里马画展成功开幕》

苟利黎民生死以，特区涌现拓荒牛。

江山永固凭牛马，万里春风到垅头。

附：王敏健老师原诗

劳心劳力耕墒亩，试问谁知一老牛？

今日画堂合大雅，小平恩德记心头。

（王敏健，女，江苏苏州人，东南大学毕业，自幼热爱诗词。现为深圳诗词学会副会长，《深圳诗刊》副总编辑，满庭芳女子诗社社长。）

牛缘

半生风雨亦坦然，往事欢愁转瞬间。

笑我如牛痴笨拙，为民无憾结牛缘。

纪念邓小平同志（九首）

（一）

寰球共运起风烟，变色苏东易政权。

中国巨舟谁转舵？邓公妙计速更弦。

创新务实精神勇，劈浪驰风意志坚。

赫赫英灵今告慰，复兴之梦等闲圆。

（二）

乘鹤翔天逾十年，南行故事忆春天。

航程拨正多亏舵，路线宣明好驶船。

红树林风喧白鹭，莲花山色掩啼鹃。

拓荒继志承宏业，华夏人民创续篇。

（三）

国家命运一丝悬，伟绩丰功铸铁肩。

大智筹谋无敌勇，深情奉献有生年。

英灵九域诚欣慰，华夏连年喜变迁。

斩棘拓荒风雨唱，神龙定要奋飞天。

（四）

人民巨子拓荒牛，扭转乾坤巧运筹。

弹雨扑身难阻步，泰山压顶不低头。

黎民命运双肩置，祖国前途一胆求。

驾鹤归来当笑慰，和谐幸福遍神州。

（五）

险路中华一命悬，瞻前顾后往何边？

南行肝胆真知见，国贸良言正道传。

载月飞腾人瞩目，应声开发绩惊天。

拓荒牛仔仍弯轭，重任小康扛在肩。

（六）

雨雨晴晴又一秋，香香臭臭写风流。

蓝图史册人民绘，建业丰碑眼底收。

真理高楼实践筑，教条空阁命当休。

富强漫说途程远，灿烂霞光已露头。

（七）

载载相思载载深，黎民富裕在渔村。

南行国事谆谆语，赢得人民恰恰心。

水复山重无限路，花明柳暗又逢春。

拓荒不畏攀登苦，贵在追求力创新。

（八）

春风又绿大江南，手植山榕树蔽天。

大厦高擎惊玉兔，伟人阔步跨莲山。

感恩黎庶长怀念，奋力强牛始接班。

雨顺风调龙展翼，小康实现大康连。

（九）

汉武秦皇一代雄，唐宗宋祖有英名。

但凭权势谋名位，岂为黎民建业功。

一夜东风吹赤县，多番国策利苍生。

红旗捷报飞歌日，万众深怀邓小平。

注：此九首 2012 年 1 月 31 日在《深圳特区报》发表。

血路

当年改革弄潮头，朝气蓬勃热血流。

血路求生图报国，阳光普照拓荒牛。

附：王敏健老师同韵和《血路》（四首）

（一）

鹏城饮水思源头，犹记当年血汗流。

今日花香春意好，诗田再做拓荒牛。

（二）

指点南疆跃马头，龙泉三尺笑风流。

苍生饭桌记功德，两袖清风孺子牛。

（三）

春匀锦绣满枝头，花抱清溪香自流。

借问殷红何所似？青锋血染拓荒牛。

（四）

丹心浩气觅源头，报国济民热血流。

劚杜鹃花红似火，彤云辉映拓荒牛。

附：陶涛老师同韵和《血路》

改革从来没有头，横行江海砥中流。

弄潮都是江波客，岂卧芳栏做菜牛。

附：马星辰老师同韵和《血路》

邓公宏略荡心头，百万英才热血流。

斩棘披荆成伟业，丰碑铭记拓荒牛。

（马星辰，女，吉林人。深圳长青诗社副社长、世界华文诗词学会名誉会长、全球汉诗总会深圳分会副会长、香港诗词学会常务理事、满庭芳女子诗社副社长、深圳诗词学会理事、中华诗词学会、广东诗词学会会员。）

附：吉增伯老师同韵和《血路》

南岭拓荒您是头，春天故事唱风流。

当年拼杀声威在，今日诗园仍是牛。

陪同邓小平过伶仃洋（新韵）

陪伴小平洋上行，风疾云幻过伶仃。

拨云见日千峰秀，定国安邦百世雄。

注：1992年1月23日上午9时至10时，谢非书记和我陪同邓小平由蛇口上船经伶仃洋到珠海。邓小平在船上足足讲了50分钟的话，谢非秘书陈建华有全部录音为证。

华国锋题词相赠

当头国难救危亡，铁腕清除"四人帮"。

南下鹏城多褒奖，"作为"寄语怎能当？

注：1995年华国锋同志携夫人视察深圳，市里主要负责同志轮流陪同考察汇报。华和夫人十分满意，回京后，让人捎给我他的题字："大有作为"。落款："丙子春，华国锋印"。

华国锋来到南岭村

风和日丽喜临门，华老亲来南岭村。

笑脸张张迎贵客，情怀片片颂明君。

一声令下"帮"倾灭，万众欢呼党复春。

粤地花开红胜火，伟人笑看富民心。

注：华国锋同志 1995 年 12 月视察南岭村。"帮"，指"四人帮"。

梅岭与毛泽东（新韵）

花落花开岭上梅，伟人风采竞光辉。

长江抵浪劈千里，小火烹鱼赞一回。

黄鹤楼前识面目，青灯笔下起风雷。

龙松茂盛留怀念，晚辈登高论是非。

注："花落花开岭上梅，伟人风采竞光辉。"武汉东湖梅岭是毛泽东住过 48 次的地方。中央领导人几乎都来过梅岭，毛泽东在此接待过几十位外国元首。"长江抵浪劈千里，小火烹鱼赞一回。"毛泽东在武汉三次横渡长江，并在此写下《水调歌头·游泳》一词，并把此词原稿赠送给杨纯青。杨是给毛泽东做武昌鱼的大师傅，他有一套特殊做法，使鱼刺都可被吃掉而不卡人。"黄鹤楼前识面目，青灯笔下起风雷。"有一次毛泽东戴上口罩和帽子去黄鹤楼前私访体察民情，被儿童认出，引起围观和轰动。毛泽东出差总要带上 18 箱书籍，读书和写作成了他的习惯。"龙松茂盛留怀念，晚辈登高论是非。"毛泽东于 1960 年 5 月 13 日在梅岭一号房前栽了一棵松树，现该树长得像龙的形状，十分茂盛。毛泽东时代的功过只有留给后人去评说了。本人 2013 年 7 月 24 日至 26 日住梅岭二号楼。

怀念刘华清同志

枪林弹雨举长缨，北战南征赫赫功。

航母胸中千浪涌，如今告慰圣英灵。

注：刘华清曾任军委副主席，主管海军，主张建航母，人称"中国航母之父"，现"辽宁号"下水，但他已离我们而去。

赠李瑞环同志（新韵）

拓垦艰辛岁月稠，铮铮铁骨竟风流。

为民付出千般苦，黎庶铭心孺子牛。

赠胡启立同志

风吹人立稳，雨打物华新。

守节如天魄，坚贞似地魂。

德高千仰目，品重万倾心。

官场沉浮事，天中乱渡云。

注：此诗 2012 年 7 月 1 日写于北戴河。最后一句来源于毛泽东《庐山仙人洞》诗句："乱云飞渡仍从容"。

无题

独断专行霸道风，遮遮掩掩盗虚名。

高人一等谁之过？检讨应需下苦功。

无题

自诩"良官"笑煞人，花言巧语骗民心。

恶充太岁神离魄，霸祖毛虫鬼断魂。

破坏公平权力涨，损伤正义罪责深。

贪官不耻民膏吸，尔距贪官差几分？

读胡锦涛总书记《在庆祝建党 九十周年大会上的讲话》感怀

九十庚辰大寿星，波澜壮阔迈征程。

贫穷落后神州变，旺盛繁荣祖国兴。

锦绣前程凭我党，中枢航向指光明。

共同富裕民之望，反腐倡廉黎庶声。

百岁稚童颂

百岁仙翁似稚童，乐观向上大明星。

读书静气成习惯，研墨宁神练硬功。

论地五洲经纬事，谈天四海总关情。

开心爽朗光明灿，日丽风和不老松。

注：2010 年 11 月 27 日邓垦老人家一百岁诞辰。

父亲早年的艰辛（新韵）

辍学十九泪光含，家务操劳过早担。

弟小妹多千苦难，父丧母寡独家寒。

缺柴少米平常事，野菜充饥少半年。

租佃盘剥心特狠，农民渴望早晴天。

注：爷爷 39 岁早亡，奶奶 37 岁守寡，六个子女中我父亲最大，父亲 19 岁与奶奶支撑一家人生活。

读李克强总理与
"农民工"对话感赋

泪水湿襟真感动，"心酸"道出绪难平。

农村有土难耕种，城市无家怎入融？

本是工人新一代，偏称农仔打零工。

利民政策当推进，万众欢呼世道明。

注：在两会上，李克强总理对人大代表们说，我问他们（农民工）在外地过得怎样？他们当着我的面就流泪了，我问：怎么了？他们说：心酸……

打工者求职

求职奔波岁月艰，身孤无助尽知难。

嘶鸣替我说心曲，力尽精疲一叶蝉。

打工者思乡

风大显衣单，冰天倍觉寒。

草枯身颤抖，鸟疾脚缩团。

松啸千山北，柳招万壑南。

低云何所去？游子几时还？

打工者的元宵夜

昨夜双亲热泪盈，今宵思念万般情。

团圆云梦枕边好，离散浮萍水上轻。

酒绿灯红无我事，楼高路阔有他城。

吉他奏出人间苦，浪迹他乡盼月明。

打工者的处境

忍气吞声路不平，泪如泉涌泣低声。

人生自古多磨难，恒信担当大道行。

注：一位打工者，受到雇主不公平待遇后，心里有难忍之苦，但考虑现实，还是主动向雇主道歉，请求谅解，以谋生计。

打工者的"五一"节

万众欢腾佳节庆，几家团聚几家离。

他人乘兴游山水，工仔加班赶订期。

谁解思妻心底苦，月圆念母泪珠凄。

艰辛练就鸿鹄志，万里翔天志不移。

打工者的中秋夜

闭门谢月睡棚间，辗转床帘不得眠。

但愿梦中迎父母，怎能眉下话团圆。

来生但得天仙配，七七还能泪眼欢。

企盼天骄行大策，中华齐赞盛德官。

打工者回家

从北到南南到北，大军亿万上征程。

风霜雨雪难停步，苦辣酸甜不作声。

子女心中烧烈火，爸妈街外望苍穹。

一年苦累为今日，如此传承哪是终？

打工者的路（九首）（新韵）

（一）离家

少小离家千里外，何时知晓再归来？

双亲泪眼门前望，步履蹒跚望雁回。

（二）寻工

东奔西走汗白流，力尽精疲苦闷愁。

一月寻工无结果，不知明日向谁求？

（三）再寻工

功夫不负有心人，柳暗花明又一村。

但愿勤劳能补拙，平凡岗位乐耕耘。

（四）反省

散漫悠闲自任常，时间效率更彷徨。

怎知节奏成章法，夺秒争分互比强。

（五）成长

集体熔炉炼就钢，知识火焰亮前方。

孺牛拓垦荒丘变，梦远志坚路更长。

（六）困难

思乡念旧似煎熬，暑气蒸腾怎吃消？

符号图形难辨认，向谁请教把心交？

（七）坚持

困难挡道咬牙关，家国情怀使命担。

坎坎沟沟能跨过，苦中磨练以求甜。

（八）成功

进城父母乐开怀，缔结良缘喜事来。

红榜题名人敬仰，义工团友百花开。

（九）感恩

父亲教我会勤劳，慈母身行示品高。

社会传承真善美，扬帆大海涌波涛。

深圳改革开放三十周年礼赞

海角山陬蛇口炮，鲲鹏震起跃苍穹。

冲天一举凌云啸，下海千回巨浪冲。

植树仙湖栽盛世，招商金凤舞高桐。

卅年硕果丰收庆，孺子深情唱大风。

公利与私利

眼前海阔胸襟广，身后天高气数长。

公利面前多奉献，私心少有不贪赃。

纪念深圳的生命线工程十周年

鹏城集聚拓荒牛，一夜渔村起万楼。

碧水滔滔生命线，东江润泽众心头。

注：惠州东江引水工程，人称"深圳生命线工程"。

原韵奉答王飞跃《去民忧》

拓荒粤岭一群牛，奉献青春业所求。

雨雨风风甜并苦，齐兴百业去民忧。

附：王飞跃原诗

勤勤恳恳一条牛，任劳任怨无索求。

不受太上胯下辱，只为民众分疾忧。

注：王飞跃为深圳诗人，曾谱写大运会歌词被选中，已故。

在深圳铁岗水库

瑶池飘渺落人间，碧水清波聚众仙。

鹤舞莺歌欢树上，龙翔燕掠画堂前。

举杯畅饮千钟酒，弄韵高歌满乐园。

怎忘当年"龙闭口"，市民渴望饮甘泉。

　　注：深圳是全国七大缺水城市之一。20 世纪 90 年代初，深圳严重缺水，52 个工业区停水，居民楼二楼以上没水，职工半夜起来接水。我带队多次去东莞协商引水事宜，东莞不予合作，提出不合理条件，商谈无果。无奈，我又带队去惠州东江看取水口，决定由惠州引水，惠州予以合作。经多年努力，109 公里的引水线路，其中 70 多公里涵洞，把水引入西丽水库，又连铁岗水库，工程之巨，耗时之长，投资之大，代价之高，前所未有。

瞻仰腾冲国殇墓园

千难万险远征军，热血男儿报国辛。

卫士精忠何苦命，驱倭神勇敢捐身。

高山功写英雄魄，烈士魂辉日月辰。

血染鲜花南北艳，神州伟业恰新春。

同韵奉和周斯鹤先生《怀念屈原》

九歌千载壮神州，屈子精神万古留。

铁骨铮铮民纪奠，诗家聚首竞风流。

注：在深港澳第二届中国诗人节大会上诗人周斯鹤把他即席写的《怀念屈原》一诗诗稿给我，诗中写道："离骚传世誉神州，屈子悲歌万古愁。一跳惊天神鬼泣，汨罗岁岁竞龙舟。"屈原投江日为诗人节。

游宽甸县青山湖

两岸青山幻，银湖碧水烟。

小村浮动影，大浪逐游船。

天外歌声彻，眸中风景妍。

云从波里走，人作一回仙。

游丹东大鹿岛

——缅怀甲午海战牺牲的北洋水师管带邓世昌

百年甲午起风云，战舰迎倭斗恶邻。

黄海波涛埋铁骨，世昌奋勇葬忠魂。

万民纪奠英雄绩，一国传承赤子勋。

外患淫威今又起，全民誓死守乾坤。

注：1894年9月17日中日黄海甲午海战。中方致远舰向日舰"吉野号"冲击，中鱼雷而沉没。1937年日本打捞此舰，发现邓世昌完整骨骸，被中国的打捞人员背上大鹿岛，岛民安葬了邓世昌。现岛上建有邓世昌墓和雕像。邓是广东番禺人，牺牲时45岁。

参观河北定县大佛寺（新韵）

隋唐佛寺古槐留，千手观音铸定州。

谁靠皇恩佛祖佑？怎诠帝典立石头？

注：该大佛寺从隋朝始建，隋文帝的妹妹出家于此寺。宋代修建大铜佛——千手千眼佛，高21.3米，很多皇帝前来拜佛，立了不少御碑。

漓江游

江流百里青罗带，山壮千峰碧玉簪。

借问神仙何处有？阿哥阿妹满游船。

游湄公河所想

急步出山谷，缓行入涧渊。

千山缠玉带，万水坐金鞍。

国界随心过，家门任意喧。

一路高歌往，皆通六国言。

注：该河发源于我国青藏高原，流经老挝、泰国、柬埔寨、缅甸、越南入海。

游柬埔寨湄公河上东南亚
最大洞里萨湖（新韵）

湄公河上耀明珠，兴趣盎然访萨湖。

忽见悲伤惊四座，乍听凄惨叫无辜。

飘零水上船屋破，游弋湖中母子哭。

却问官僚何处在？红颜美酒伴歌沽。

注：该湖一万多平方公里，湖里生活着五万水上船民，过着原始人似的生活。美丽的大湖污染得十分严重，看后令人痛心。

夜游柳州柳江（二首）

（一）

柳江九曲绕龙城，百里画廊百里灯。

倒影江中随浪闪，游船笑过彩桥横。

（二）

灯火辉煌耀柳江，泉喷直上落珠光。

游船恰似银河里，三姐欢歌一路狂。

注：柳州古称龙城。

访山西普救寺

普救寺传情意长，西轩花影映东墙。

蛙鸣搅醒梨花梦，拜月台前泪几行？

注：《西厢记》故事发源于普救寺，西轩为《西厢记》中张生住过的宅院，梨花院是崔莺莺住过的宅院。

德

人生最美在德行，公利为民万众声。

克己遵从公正理，千秋功过后人评。

注：所谓"德"表现在两个方面：一是人对他人，二是人对社会。二者都要表现在公平正义上，表现在公利与私利面前的取舍上。

登上长白山天池（新韵）

白山莽莽跃天高，黑水滔滔滚地潮。

飞瀑飘飘云坠落，温泉渺渺气蒸抛。

天池雾绕身边滚，石堑林森眼底涛。

万景新奇绝世好，游人为此竞折腰。

人生

人生起步是家乡，命运前途在课堂。

慈母情深难述短，恩师义重易思长。

仕途路上求真理，国企人中论主张。

立地顶天男子汉，征程风雨亦家常。

夜游秦淮河

秦淮夜浪灯花闪，恰似香君到客船。

委婉笙歌惊四座，今宵却问是何年？

天地与人

地久方知人命短，天高当晓智商低。

云飞万态终成雨，人斗千回义利趋。

咏石缝小草

石缝生童草，疾风不动摇。

昨天风雨作，高草倒难逃。

参观台湾"故宫博物院"有感

华夏传承看故宫，北南馆品两相通。

同根同祖同文化，何日花开一苑中？

访台感怀

昨日台资登大陆，而今陆企走台湾。

同筹两岸和谐计，谋利为民大似天。

渡口

站在岸边叹水辽，心急如焚欲渡桥。

忽见诗舟河畔系，清风伴我水中摇。

访周庄

角舫悠悠破浪行，柳风荡荡小桥横。

双桥成就周庄业，一沈名留弄里情。

注：江苏周庄为明代大商贾沈万三始建，小桥流水，青砖瓦台，一派江南水乡情调。现沈宅仍保留完好。沈得罪了朱元璋皇帝，被流放云南。美籍华人画家陈逸飞在周庄画一幅"双桥"油画，从此周庄名扬天下。

祝深圳老年大学
长青诗社建立（新韵）

人生易老艺长青，翰墨飘香聚老童。

吟咏拓荒高节亮，齐歌正义好诗风。

在海南万宁神州半岛观潮（三首）

（一）沙

神州半岛细观潮，滚滚白沙任浪抛。

棱角全无形体变，随潮进退亦逍遥。

（二）涛

千军万马战犹酣，倒海翻江涌向前。

借问涛声何所惧？无私无畏属自然。

（三）浪

危岸难消怒吼声，滔滔不尽诉何情？

周身粉碎无暇顾，观者当为险浪惊。

七十五岁生日感怀

七五光阴转瞬间，力衰体弱度余年。

童心未泯儿时勇，老叟浑然步履闲。

南北花开迎客到，东西日转笑声欢。

诗园酒醉千杯少，韵律歌吟万卷甜。

参加北京加州水郡杯
高尔夫球赛遇风雨（新韵）

加州水郡草青青，很久难闻布谷声。

怎料寒风晕日月，谁知冷雨浸心胸。

狂风吹落先生帽，暴雨袭击女士容。

意志当从磨练起，银球正向逆风行。

访酒泉

古道西行到酒泉，丝绸不见见航天。

大漠塔立巍峨远，小镇人勤乐戍边。

艰苦卓绝身奉献，乐观豁达志弥坚。

东风万里三秋月，金灿胡杨美在先。

注：小镇指的是航天小镇东风航天城。

对十八大的期待

跃上旌旗十八盘，声声号角屡催前。

荆榛险道难拦路，为国当攀万仞山。

继往开来

风和日丽百花开，大树参天往辈栽。

接过园丁刀并斧，相期继往又开来。

春竹

峪壑冰融草渐萌，山峦石峭树峥嵘。

神奇破土群芽露，仙幻擎矛一夜生。

四世同堂族鼎盛，千君聚首国家兴。

文明气节浩天下，仗义清廉万古行。

夏竹

郁郁葱葱万物生，阳光炽烈劲东风。

杆杆笔挺雄姿展，叶叶妖娆气质宏。

滴翠山林添美景，拥幽水岸现芳容。

和谐共谱春秋史，清正能当百万兵。

秋竹

金风送爽稻花香，把酒东篱伴菊黄。

雄健舞姿无媚态，婆娑挺直自阳刚。

虬根固节真君子，筛月新篁呛露霜。

待到春花争艳日，笋芽茁壮满山乡。

冬竹

阴霾滚滚雪花飘，枯草摇摇景物凋。

喜看千杆盈碧玉，欣听万叶舞银涛。

志高不惧冰天地，节亮奇擎玉洁操。

浩气长存君子颂，清风永驻世妖娆。

天宁岛感赋

碧海银沙巨浪翻，闷声怒吼诉当年。

弹飞血染天宁岛，机炸尸横地狱田。

"胖子"袭击寰宇撼，"男孩"落下广民寒。

如今演义敌为友，还让黎民战火煎？！

注：天宁岛位于太平洋上，面积104平方公里。二战前被日本从欧洲殖民者手中夺得，统治30余年。二战时美军为夺取该岛大打出手，投下2万吨炸弹，于1944年7月24日登陆该岛，日本近万驻军全军覆灭。接着美军在该岛上用四个月时间修建大型机场的四条跑道，把B29轰炸机调来该岛，同时把1万吨级TNT的原子弹"小男孩"和2万吨级TNT的原子弹"胖子"运抵该岛。1945年8月7日和9日分别把"小男孩"和"胖子"投向日本的广岛和长崎。之后日本投降，二战结束。前不久美日在该岛举行大规模联合夺岛演习。

参观天宁岛二战战场感怀

硝烟散去弹痕留，二战伤残撼五洲。

请问强权何道理？黎民白骨写春秋！

注：二战时日军驻天宁岛近万人全军覆灭，三层通信大楼内的全体日军集体自杀在楼内。日军指挥部大楼被美军炸得断垣残壁，房倾柱倒，日本建的地下油库虽未被美军炸弹炸穿水泥层，但炸弹留下的弹痕密集程度令人吃惊。

再登内伶仃岛感赋

伶仃洋上说伶仃，仰首青天觅圣灵。

为国抛颅抵敌寇，保家洒血佑苍生。

乌纱本是民生重，气节敢教神鬼惊。

放眼神州多盛事，炎黄子嗣铸长城。

注：2013 年 3 月 12 日陪同胡启立同志登上内伶仃岛，该岛历来属于深圳管辖，可在 20 世纪 90 年代省政府欲下文件把该岛划归珠海，并说原属珠海。我作为深圳市委书记，守土有责，据理力争，甚至不惜付出个人政治生命代价，足足争拗 19 年，于 2009 年终于尘埃落定，历史再一次证明该岛隶属深圳。

《中国工艺美术全集》编撰
深圳会议感怀

麒麟山下聚名贤，研讨商编艺美全。

盛世攻修文化史，兴中撰写手工篇。

千年国粹千秋颂，万代家藏万品传。

双手开凿新世界，中华瑰宝集空前。

    注：《中国工艺美术全集》编撰工作会议于 2013 年 3 月 16 日在深圳麒麟山庄举行，专家学者 200 人与会。该全集 41 卷 245 篇，1844 个种类，是历史性伟大工程。

访贵州三都水族自治县

帮困扶贫献爱心，山南海北一家人。

群族友好如山重，兄弟情长似海深。

十八光阴成善果，万千言语颂精神。

人生最美荫德事，世上功名已染尘。

注：18 年前的 1995 年深圳开展特区与老区少数民族地区心连心活动，三都水族自治县是活动对象之一。深圳机关、企事业单位帮该县建 51 所中小学校和县医院及其他基础设施。其中鹏城希望学校在校学生 3000 多人，是黔南教育质量最好的学校，培养了不少优秀人才。

黔南行

古桥七孔叹奇观，天籁笛音证史源。

意笃交流同醉梦，情深歌舞共吟弦。

征程何惧抛肝胆，破浪相邀架锦帆。

合谱新章民富裕，海山齐写国强篇。

都柳江春秋

水舞银装卯节狂，山花烂漫吐芬芳。

扶贫互动民心悦，建校同谋子嗣强。

路远山高合力走，水长峰险共昂扬。

黔南水寨阳光暖，都柳春秋日月长。

注：都柳江流经三都县城境内，是珠江上游支流。

游大同江

游船盛宴大同江，碧水青山闪两旁。

万语千言谈友谊，一杯两盏话家常。

常将开放名词讳，总为身家利害徨。

路线天涯寻道理，原来权利导沧桑。

注：在驻中国大使池在龙、陆海运输部副部长金某、平壤副市长金成德、外交部白顺行参事、永光总会社董事长申男哲陪同下，由平壤登游船，游大同江，经羊角岛到头颅岛，再到松林港计三个小时，考察了松林港合作开发项目。在船上吃了丰盛午餐。

纪念《深圳特区报》创办三十周年

三十春秋斗志昂，风霜雨雪亦家常。

杀开血路雄姿展，扫尽阴霾清气扬。

一纸风行天下事，双肩力抵世间梁。

东风吹遍神州暖，春雨滋生大地芳。

慈善家余彭年先生赞

环球慈善万千家，全裸捐资只有他。

万苦千辛勤节俭，平生皆尽献年华。

不留产业儿孙继，散尽钱财大众夸。

使者光明堪礼赞，旌旗引领锦添花。

端午节感怀

汨罗江上起悲风，屈子英豪万古情。

历史风云常变幻，黎民霾雾看难清。

披肝不惜身家命，沥胆长怀尽国忠。

自古神州多壮烈，精神永续助华兴。

于弘法寺送本焕大师西行（106 岁）
（新韵）

佛门泰斗品德高，济世苍生事业骄。

弟子万千花似海，长街十里送英豪。

注：本焕大师于 2012 年 4 月 30 日圆寂。

住北戴河观海楼

听涛云梦里，观海日东方。

豪气词章妙，天风韵味长。

山川留胜迹，历史写凄凉。

爽意秋光醉，举杯祝国强。

上井冈山朝拜烈士陵园

千里来朝圣，巍巍五指峰。

英雄仍屹立，满眼立苍松。

注：1995 年 8 月 2 日去江西扶贫，上井冈山。

"中国（上海）自由贸易试验区"挂牌有感

二十年前论自由，相加棍棒辱和羞。

阴霾纵盖京畿愧，暴雨横流国士忧。

自贸旌旗飘上海，雄飞龙凤跃神州。

潮流浩荡谁能挡？历史波澜颂国瓯。

注：二十年前深圳按照邓小平"在内地再造几个香港"的教导，投入强大力量研究深圳自由贸易区试验方案，结果被最高当局封杀，说我要与香港合并。二十年后自由贸易区终于在上海挂牌了！幸事也！

游三峡

巴山蜀水画图中，峰影云帆梦醉翁。

万顷平湖天际渺，一尊神女水中隆。

江陵送去观波绿，白帝迎来看叶红。

两岸猿声无觅处，轻舟惊叹起长虹。

注：应三峡办之邀于 2013 年 10 月 11 日至 16 日考察三峡库区，到了武隆县、开县、巫山县、奉节县、兴山县和秭归县及三峡大坝。研讨座谈时我提出今后三峡库区应实行四大工程：库区环境保护工程，库区人口外迁工程，库区环境治理基金工程，建立长江上游开发利益共同体工程。

过夔门

三峡由此入，两岸峭峰巍。

蜀地夔门险，瞿塘落日瑰。

轻舟临绝壁，众首举惊眉。

正待光圈对，瞬间位不回。

三峡工程移民感赋

横天大坝世间殊，百万移民史上无。

旧镇沉埋湖下影，新城屹立库中图。

高楼密集峰头削，险道悬空峭壁浮。

生态平衡仍大计，秀湖一座不玷污。

注：三峡库区移民 130 多万人，"就地后撤"占 80% 以上。水库淹没总计涉及十九个县（区），全城淹没的有丰都、忠县、云阳、奉节、巫山、巴东、兴山、秭归。半淹没的有涪陵、万州、开县，以上大都新建县城。因此，最大的隐忧是库区的人口控制和环境保护及生态平衡。

次韵张效民赠诗（二首）

（一）

推心置腹一席谈，挚友之间已忘年。

肺语神交无顾忌，胸开面晤有言传。

曾经出力千辛日，且了劳心一笑间。

自古革新多厄运，而今小浪亦安然。

（二）

神交意往若经年，前线并肩战雨烟。

兴忆当年杀血路，乐谈时下建家园。

拓荒不忘千牛苦，逐梦当为万众甜。

岁月长留天地久，人生苦短寄空前。

（张效民，男，1954年生，河南巩义人。现为深圳高职院副院长，民进主委、市政协副主席。）

附：张效民赠诗

（一）

银湖聆听一席谈，惊涛骇浪忆昔年。

高论胸臆洛阳贵，诤言肝胆京华传。

曾经寒流狂数时，又见和气绿两间。

青山不老人犹健，风神千秋应凛然。

（二）

翠谷楼上记当年，风云激荡卷云烟。

谈吐壮气冲牛斗，挥斥雄心越天南。

平生孺子素喜牛，胸怀小民尤爱山。

莫道岁月催人老，中华逐梦更无前。

注：2014年元月10日夜，在银湖翠谷楼聆听厉有为老书记回忆当年亲历之重大历史事件，深有感慨，尤为崇敬，呈诗二首。

参观四川阿坝松潘县
寒盼村感赋（七古）

高山环抱巨鹰飞，寒盼旗飘映日晖。

银器精工传藏艺，牦牛肥壮步云归。

楼堂彩画屋间美，绸缎羊袍饰品威。

山货珍稀开眼界，背包满载展舒眉。

注：寒盼村居住藏族居民 66 户，每户养牦牛近百头。银器具和银饰品生产集中，工精美艳。虫草、天麻、灵芝贵重山货多有出产。已由游牧生活改变为定居。由于历史传统原因村里仍有很少几户是一夫多妻或一妻多夫。我们代表团一行于 2014 年 9 月 4 日至此村参观。

谁该先富（七古）

邓公先富论棋高，指出光明路一条。

到底谁该先富裕？说来答案令心焦。

工农先富无门径，官吏敛钱有铲刀。

体制创新开大道，寄情改革在当朝。

注：邓小平在改革开放初期，指出让一部分人先富起来，先富带后富，最终实现共同富裕。但是30多年的实践也出现不少弊端，一小部分人借公权力而迅速致富；而不少工人、农民却没有致富。财产占有两极分化严重，这是本届政府必须通过改革要回答和解决的重大问题。

秋

自古悲秋自有因，我言秋日胜三春。

丰收硕果勤天道，一片红橙万顷金。

注：2014年9月12日收到孙女厉书辰由伦敦发来微信，有秋光照片并附有古人诗句："自古逢秋悲寂寥，我言秋日胜春朝。晴空一鹤排云上，便引诗情到碧霄。"当时我刚好在上海青浦区东庄村的实验稻田里。以此诗回复书辰。

思念家乡

半生漂泊半生忙，一路奔波一路徨。

大海漩涡风浪里，小溪清澈是家乡。

海

吐日吞云纳万江，五洲同此在身旁。

胸怀究竟谁宽大？异口同声用我量。

访阿联酋迪拜

万里迢迢降海湾，三生有幸探前源。

郑公业绩无伦比，张将功勋有美传。

一带一路全民梦，多国多群世界谈。

迪拜商通油路广，中华圆梦正春天。

注："郑公"指明朝郑和，打通海上丝绸之路。"张将"指汉朝张骞，打通陆上丝绸之路。我于 2014 年 11 月 19 日至 23 日访问阿联酋迪拜和阿布扎比及绿洲硅谷。

深圳之春

万紫千红映海天，青山碧树满楼间。

莲花顶上千人仰，福塔身边万景欢。

簕杜鹃红盈广路，梧桐山绿遍南川。

拓荒汗水播春雨，沃土神州美色添。

第一个国家公祭日有感（新韵）

鼎铸铭文昭四方，全民公祭奠国殇。

亡灵饮恨千秋辱，生者图强万代扬。

抗日同心得胜利，驱敌沥胆更坚强。

巨狮一吼惊寰宇，龙跃长天万里翔。

余彭年先生病床前

光明使者病床前，使出全身力气言。

慈善工程应继续，张开五指眼神传。

孙儿泪眼应声是，晚辈心中使命担。

生命传承天下计，中华慈善路途宽。

漠河之夏

地阔兴安岭，天高北极村。

白山多沃土，黑水少霾尘。

海角天涯唱，边城极地吟。

南疆春似夏，北国夏如春。

胭脂沟的故事

北国边陲遍地金，金沟水浅树森森。

金镛奉旨开金矿，慈禧开怀悦圣心。

雪地冰天人易老，荆榛泥水路难寻。

黄金万两何人用？换取胭脂第一人。

注：大兴安岭漠河境内，有黄金沟，沙金含量极高，1888年清政府派二品大员李金镛率近百名官员来此组织采金，年产量达一万九千两（十六两为一斤），送往朝廷使用，但官员层层贪污，送到朝廷黄金减半。后来慈禧下令，把所产黄金直接运往法国换取胭脂（指香水等化妆品）供其享用。后来，黄金沟被称为胭脂沟。李金镛因劳累过度，生活艰苦，来此两年后病故，享年55岁。当地百姓称他为金圣，并建有祠堂供奉。

再到庐山（新韵）

岁月风云此地声，光阴荏苒却无情。

松竹依旧仍繁盛，政事更新几许雄？

千古传流心狠狠，万言记载骨铮铮。

做人定要良知善，为政当应顾众生。

参观江西共青城（新韵）

为民不在口头中，总见耀邦重践行。

心在人民无大小，利归天下有权衡。

光明磊落真君子，忘我清廉一代宗。

我党良知山仰止，民心所向共青城。

注：胡耀邦访问南阳卧龙岗（武侯祠），见一副对联：心在朝廷原无论先主后主，名高天下何必辩襄阳南阳。胡耀邦看后改为：心在人民原无论大事小事，利归天下何必争多得少得。

次韵陶涛老师《读 8 月 11 日特区报记者对厉有为同志的采访》

刀光剑影掠长空，剿堵包抄兵阵雄。

血雨突围天已亮，腥风冲陷地才瞳。

横刀呐喊民心畅，立马奔驰国运通。

大梦春秋歌一曲，山河气壮贯长虹。

附：陶涛老师原诗

指挥若定曾为帅，带领千车万马兵。

杀出重围旗帜亮，种成硕果世人惊。

真知灼见输来者，远瞩高瞻引后赓。

欣对夕阳歌感慨，胸襟长与白云平。

南水北调移民感赋

一湖清水一湖天，万户移民万户难。

黄土手中心掉泪，今生离去几时还？

复朝权赠诗

划圈一笔气恢宏，南海之滨报晓星。

探路荆榛无坦地，登峰险峻有豪情。

杀开血路东风荡，抛弃泥途旭日升。

赤县前程中国梦，风生水起跃腾龙。

（郑朝权，男，辽宁新民人。原为新民市委书记、沈阳市司法局局长，诗家。）

同韵奉和陶涛老师《深圳经济特区建立 35 周年》（三首）

（一）

展翅鲲鹏卅五年，长空风雨苦争先。

惊天动地神州变，难得仙翁划个圈。

（二）

难得仙翁划个圈，拓荒沃野展坤乾。

高歌猛进群牛聚，汗水合泥永向前。

（三）

汗水合泥永向前，高楼绿树伴蓝天。

新城一夜非神话，万众心怀那个圈。

附：陶涛老师原诗

（一）

出世横空卅五年，惊天动地领潮先。

辉煌道路堪回首，还是承恩那个圈。

（二）

还是承恩那个圈，英明决策定坤乾。

伟人挥笔成关键，时代风云逼向前。

（三）

时代风云逼向前，潮流浩荡顺成天。

难能就在机缘握，大笔挥来那个圈！

吉林工业大学建校 60 周年校庆感赋

六十春秋转瞬间，春城集会话当年。

挑灯夜战寻常事，治水堤防铸大观。

学子殷殷图报国，尊师坦坦效忠廉。

丰碑一座心中立，桃李芬芳果满园。

咏腾龙阁

康平龙脉走西东，古往今来百业兴。

筑阁腾龙传信仰，兴邦立国颂图腾。

英雄土地英雄史，百姓山河百姓情。

庄肃巍峨心仰敬，画屏满眼放高声。

注：腾龙阁建在沈阳市康平县内。

登白鹤楼

白鹤惊天千古颂，红山动地万般情。

鱼梁大业开新宇，秀水丰碑看劲松。

开拓篇篇留业绩，创新件件利苍生。

登楼远眺家乡美，碧野晴空醉老翁。

注：白鹤楼建在沈阳市法库县内。

无题

万语腾胸巨浪翻，投石敢问水中天：

光辉是否云浮影，灿烂当如日照山？

妄议何愁无误判，狂言未必有真传！

人间正道沧桑事，莫让强权做笑谈。

老荔枝树

深秋老树倍精神，冠茂枝繁贵在根。

茁壮新芽橙似锦，劲苍旧叶绿如春。

无闻寞寞无争宠，有鸟鸣鸣有好音。

夏酷冬寒经难苦，甘甜硕果慰庶民。

秋心曲

秋风秋雨送秋归，十万雄兵唤不回。

风吼长城残叶落，雨飘北域旷鸿飞。

阴霾滚滚千嶂暗，重雾层层百峪灰。

待到冰消融雪日，红心点点赞新梅。

回家乡看望张国钧老师

天命之年见吾师，吾师耄耋乐天时。

勤劳朴素精神爽，奋发图强志气奇。

雨骤风狂前已过，天高日朗晚来知。

当年教导欣牢记，世纪风云化作诗。

注：2015 年夏，我回新民市看望张国钧老师。张国钧是我新民四中初级中学的班主任，87 岁仍然坚持每天上班，做义务关心下一代教育工作，令人敬佩！

与华为任正非谈心感赋

普天价值一般同，合作交流达共赢。

路线高端无黑暗，经营守法有光明。

创新日日赏新果，变革人人弃旧经。

跨国行云天际远，植根华夏耀腾龙。

创新

创新必坎坷，妄议滥词多。

失败寻常事，成功有几何？

上山多险路，下海遍漩涡。

山海无穷景，拼搏奏凯歌。

竹（新韵）

姊妹遨游万绿山，昂然气节胜天仙。

呼来甘露从天降，唤将和风伴舞欢。

婀娜身姿倾菊恋，刚直品性获松澜。

人间自有真情在，细品山翁弄五弦。

咏梨花

四月京城草色青，新春红紫各峥嵘。

梨花怒放宫墙外，不着胭脂自有情。

咏松

冰封万里性非寒，雪压千重志不弯。

根扎青山成大器，浑然百岁笑苍天。

咏梅

傲雪凌霜非己愿，青神委命报春天。

铮铮铁骨多磨难，待到冰消苦也甜。

再咏梨花

银装似雪满身芳，得意春风笑脸扬。

今世难寻邀几面？梦魂牵绕更彷徨。

咏春柳

丝丝织得画图新，脉脉含情舞动春。

幅幅精妍诗境界，纤纤妙手动人心。

咏荷

美艳偏生腐壤中，河塘掩饰笑东风。

相随美丑原其律，一半污泥一半红。

咏高楼

庞然大厦示人前，仰视惊呼目转旋。

一瓦一砖皆汗泪，蜗居众仔怎堪言。

牵牛花

万苦千辛向上爬，曲藤紧抱树枝桠。

阴生正喜容颜好，一阵风摇殒落花。

附：王敏健老师次韵《牵牛花》

骨贱身轻高处爬，五颜六色立枝桠。

风流恰似秦淮女，贵客面前惯献花。

咏牡丹

含情脉脉笑盈盈，楚楚衣裙气魄宏。

国色天香名万里，皆言倾国又倾城。

咏凤凰树

圳水欢歌耀凤凰，山榕陪伴气昂扬。

焰焰烈火千花树，茂茂丰园百果乡。

历史混浊瘴疬地，而今艳丽美娇娘。

拓荒血路英雄史，孺子传承日月长。

"五一六"极不平凡的日子

五十春秋岁月长，当年阴影总彷徨。

杀人可以随心欲，定罪无须用法量。

摧毁文明施暴力，打砸武斗用刀枪。

疗疮彻底神州福，刮骨决心岁月康。

注：1966年5月16日，中共中央政治局扩大会议通过搞"文化大革命"的"五一六"通知。

参加深圳公益救援志愿者
联合会活动感赋

血路光辉继傲阳，雄鹰展翅竞高翔。

忘生舍己胸襟广，取义为民气概昂。

灾难场中身示范，救援群内品弘扬。

鹏城造就英雄胆，华夏培根孺子强。

母亲节忆母亲

天高无穷尽，地厚有深恩。

慈母天尊仰，传承大爱心。

八十抒怀

（一）

贫寒莫怕人生苦，为政当察世道艰。

四季风云常变幻，五洲炮舰总纠缠。

胸怀大众仁天下，脚踏神州义地间。

抓铁有痕功力到，撼山容易撼心难。

（二）

长堤荦确水波涟，晨牧黄牛碧柳烟。

发奋读书图报国，认真工作敢担肩。

青春汗水鄂山洒，烈火胸襟粤海燃。

正义公平心底语，为民何惧上刀山。

（三）

人生八十已知足，风雨阳光伴旅途。

脚下泥污随作溅，胸中海浪任沉浮。

冲锋陷阵平常事，攻垒克艰势破竹。

岁月无痕人有影，华年有道事无辜。

（四）

儿孙满座乐家翁，八十春秋不老松。

祝寿麻姑先笑贺，驾车仙鹿后呦鸣。

孝心一片天琴语，竞智千帆宇彩虹。

繁茂梧桐飞落凤，光辉赤县跃腾龙。

（五）

春花灿烂向阳开，秋果红橙扑面来。

黑水白山天予路，秦巴楚域堰情怀。

红松莽莽神州盛，银发飘飘气色衰。

伏枥浩然评旧梦，神来亮剑舞书斋。

神州半岛观潮

狂风巨浪翻，声吼若何喧？

碎骨花千朵，粉身雨万帘。

有来汹状涌，无往直奔前。

公利身先死，私囊水不沾。

丙申清明

亲人变故人，泪洒祭忠魂。

永继心存孝，迟来话感恩。

绵山无怨主，割肉有贤臣。

千载寒食节，中华血脉根。

丙申清明感悟

千杯美酒祭先贤，一滴何曾到九泉。

行孝当应先祖在，多陪多爱在当年。

次韵王敏健老师《早春感怀》

梅骨琴心醉月痴，柳魂瑟魄感天时。

轻风拂面三更梦，细雨抒怀一幕诗。

油菜伸腰呼日朗，笋尖露脸唤泥湿。

案头执笔千言少，天下兴亡满墨池。

附：王敏健《早春感怀》

晨寒瘦损南楼月，总是东君来又迟。

春已轻摇枝醒梦，燕回欲剪柳成诗。

半窗雨冷绿仍浅，一束云晴红未蕤。

唯有风流三两子，宋唐赊韵觅相知。

送别袁庚

开山巨响海陬村，蛇口旋风不待论。

夺秒争分提效率，谋深虑远绘乾坤。

杀开血路繁花锦，闯出江山壮国门。

奋不顾身图报国，阳光灿烂送忠魂。

又到三都

京城挥手战脱贫，都柳江涛奋勇奔。

五载光阴屈指数，一腔热血暖乡亲。

帮扶到位深谋远，合作真诚浅入深。

水汉同谋强国策，深黔携手富人民。

注：在珠江上游都柳江畔的贵州省黔南州三都水族自治县，深圳人民与水族同胞已有二十余年的相互帮扶的历史，为在"十三五"期间全部脱贫又走到了一起。

长江之虑

千里长江万古流，滔滔血脉铸金瓯。

诗章咏叹三峡伟，湖浪欢歌一坝收。

号子惊天足似铁，扬帆动地胆如牛。

如今利弊分析透，持续繁荣去远忧。

注：三峡大坝建成后，在库区有十几个县，其中八个县城全淹，在库区后撤重建，几百万人口生活在库区，生态破坏加剧，环境污染严重，库区有的支流水质变黑，垃圾浮湖，已经危害到整个长江流域。习近平在推动长江经济带发展座谈会上强调：走生态优先绿色发展之路，要把修复长江生态环境摆在压倒性位置，共抓大保护，不搞大开发。令人十分欣慰。

深圳荔枝公园咏叹

一湖烟水一湖天，群鹭翱翔群鹭旋。

竹茂新篁生有节，榕高老干互衔连。

荔枝百岁难称老，梅骨千年易赞坚。

疑似瑶池仙胜地，实为仙境在人间。

痴翁北戴河

云遮雾绕路蒙蒙，只见眉前草地青。

大海扬波无止静，小溪潜陌有微声。

柳风倒摆盈夕径，松雨矗摇啸晚亭。

似水人心何有恨？波澜汹涌面痴翁。

注：唐刘禹锡诗句："长恨人心不如水，等闲平地起波澜。"

"文化大革命"五十周年反思

（一）

"文革"千秋板上钉，疯狂惨烈毁文明。

烧杀气魄人间少，武斗冤魂世上增。

无法无天人做鬼，有家有国鬼成精。

真实历史为明镜，何必遮言讳避情？

（二）

撕肝裂肺五十秋，欲忘难成影像留。

骨肉相残赤县乱，弟兄反睦国人忧。

起因只在争"民主"，结果成为"大自由"。

明镜高悬需史鉴，光明宪政护金瓯。

（三）

十年动乱令人惊，错误明知却顺从？

人性天涯难探觅，奴才海角易生成。

高昂代价风吹絮？深虑熟思雨打萍？

坦荡胸怀光灿烂，无形财富后人承。

致厉书辰

少小离家到外洲，抛亲舍友不知愁。

天高梦远云成雨，地厚山环水载舟。

破雾穿云天际雁，搏风击浪海中鸥。

英雄自古多年少，宏志恒心报社瓯。

致厉楠

见义勇为彰热血，为人舍己显英豪。

创新立业千辛苦，纸醉金迷一步遥。

奋勇登峰足稳健，搏击劈浪气吞涛。

不图耀祖家门贵，商海求生汇大潮。

丙申端午纪忠魂

千古灵均铸国魂，汨罗长系万民心。

忠贞远志凝神笔，亮节宏图化暖春。

喜见华为收硕果，高张民企走麒麟。

风雷万象开生面，环宇同钦九夏人。

（此诗在《中华诗词》2016 年第七期发表）

中国市长协会咨询委员会
安徽马鞍山咨询感赋

昔日诸侯各一方，才华施展逞雄强。

为民效力学牛马，奉国忠心做栋梁。

伏枥身强难服老，飞霞体弱亦辉煌。

尚存一息丝无尽，汇集洪流涌大江。

祝贺国家在国企中实行员工持股试点

员工持股圳花香，三十春秋美誉扬。

身后冷言忙鼓噪，浪前热拼写沧桑。

旌旗血路阴风起，战鼓云天骤雨狂。

笑看今朝推试点，神州大地著华章。

南海狩猎

南海乱云堆，天边废纸飞。

门前狐尾现，猎户显神威。

注：写在南海仲裁案"判决"之际。

（此诗在《中华诗词》2016 年第八期发表）

南海风云

南国渔民踏海花，行船收网跳鱼虾。

椰风烈日鸥翔渚，美济高云浪涌沙。

废纸海牙飞出日，檄文环宇赞中华。

神州寸土皆珍贵，捍卫和平保国家。

注："渚"为渚碧礁，"美济"为美济礁。

（此诗在《中华诗词》2016年第八期发表）

八十再登天池

一路黄花一路新，万山绿透万山深。

人人喜悦长白壮，个个欢欣景物真。

池阔天光舒巨镜，山崖瀑布耀纤云。

登高远望八旬外，留下心灵祝友人。

抚远感赋

打开画卷令人惊,三江汇集涌边城。

黑水昂头龙跃起,白山展翅凤飞腾。

抚松远眺思青史,敬烈深怀念伟功。

巧适秋光东极地,难得叙旧赫哲情。

注:三江指黑龙江、乌苏里江、松花江;边城指抚远市,该市称华夏东极。是日正值立秋,在此见到了老朋友赫哲族全国党代表八岔村村支部书记尤明国同志。

登上黑瞎子岛

东光一缕耀神州，滚滚黑龙护社瓯。

小岛熊奔无国界，大鳇鱼跃露江头。

英雄习武多吃苦，百姓生活少困忧。

哨所边陲千里目，和平卫国上层楼。

注：黑瞎子岛在中国最东部，是每天第一缕阳光照到祖国大地的地方，该岛在黑龙江与乌苏里江之间，面积335平方公里，其中我国171平方公里，俄罗斯164平方公里，一岛两国世界唯一。

祝"墨子号"量子卫星发射成功

千年墨子光之祖，百载争研未结期。

宇宙相关何引力？微观互吸已成谜。

纠缠量子天涯远，互动双胎世上奇。

破解难题谁领路？神州摆好一盘棋。

注：两千多年前的墨子在《墨经》中就提出"光学八条"，爱因斯坦的经典物理学派与玻尔的量子学派争辩了近百年，尚无定论。量子纠缠虽已发现，但未经理论完全证实。我国发射的量子卫星在世界上第一次通过宇宙平台探索量子理论和探索量子通信的实践性，以实现"第二次量子革命"。

农历七月十五日中元节扫墓感赋

大雨滂沱圳海边，天神同我泪涟涟。

先贤静息惊涛岸，晚辈勤来拜墓前。

云散天开知祭扫，花盈香绕晓冥间。

感恩教养终难忘，义重情深望海天。

祝贺协合集团与三都水族自治县
签订援助治疗白血病患者合作协议

都柳涛声史话多，贫穷疾病百般磨。

春雷震撼尧山峪，夏雨充盈卯地禾。

菩萨云来施妙法，水乡病去慰筹谋。

九阡美酒千杯少，万众欢腾逐梦歌。

注：全县40余位白血病患者全部由协合集团陈巨余董事长免费提供医药治疗，治愈率在90％以上。第一批捐药价值500万元。

接待古巴总统卡斯特罗

题记：在欢迎卡斯特罗的宴会上，他对我说：中国的发展令人敬佩，深圳的发展简直是个奇迹！你们是创造奇迹的领头羊！

雪压青松松更翠，风袭碧海海还蓝。

英雄国度英雄汉，领袖民尊领袖前。

封锁断交天依灿，威胁禁运地盎然。

赤诚友谊寻东土，深圳酩杯尽展颜。

接待英国前首相爱德华·希思

题记：希思听完我的深圳情况报告后，说：你们的发展出乎西方政治家所料。按这个速度发展下去，要不了多久你们会超过香港。

贵宾何故赞中华？五味杂陈绪似麻。

利舰坚船冲一国，洋枪烟土害千家。

当今孺子升晨旭，往昔豺狼落日霞。

榕茂莲山花似海，越洋万里拆篱笆。

在深圳接待美国前总统尼克松

宿敌相逢不记仇，贵宾相待礼还周。

风云变幻无常态，冰雪消融有气候。

打铁仍需身自硬，玩牌要看手中筹。

航船转舵风帆手，万众铭恩孺子牛。

注：尼克松对我说："邓小平和我讲中国的三步走发展战略，我当时心里想：你邓小平吹牛！这次来中国一看，邓小平的三步走发展战略真的实现了！邓小平了不起！"尼克松又说："我是律师出身，美国的律师是无事生非，是非颠倒，好事可以辩成坏事，坏事也能辩成好事，你们千万不要学习美国这套！"

纪念毛泽东 123 周年诞辰
再访武汉东湖梅岭毛泽东故居

东湖如镜映天长，梅岭情倾血一腔。

筹运图强施大策，勤思奋发著华章。

乐敲韵律雄风唱，笑踏江涛节气扬。

一代英豪随鹤去，神留桂茂满园香。

注：毛泽东生前在东湖梅岭住过 48 次之多，在此做出 8 项重大决策，做过"社会实践是检验真理的唯一标准"的重要批示，写过著名诗词文章，下长江游泳 18 次之多。

（此诗在《中华诗词》2016 年第十二期发表）

再到三都水族自治县

（一）

尧人山涌壮千秋，都柳江涛美一筹。

卯节山歌传古韵，龙翔尾绣竞风流。

脱贫致富千家愿，去病安康万户求。

义举协合扬大善，金秋时节再重游。

（二）

水汉情深似海洋，并肩携手创辉煌。

天高峪静尧人伟，地阔江流都柳长。

注：我组织并陪同协合集团陈巨余董事长夫妇去三都给全县白血病患者无偿支援超级抗原药物。

国家兴亡，匹夫有责

秦皇汉武史苍苍，剑戟刀枪冷却凉。

沙场血光冲日月，阙廷歌舞献宫皇。

民饥泪洒千家怨，室破屋空万陌荒。

往昔烟云飞灭去，鹤颜煮酒探兴亡。

纪念孙中山先生150周年诞辰

天道无情岁月殇，下民有幸阅炎凉。

为求国运繁昌日，公利先谋好主张。

送余彭年先生

箪食瓢饮乐其中，济众博施动股肱。

天下德高何所是？彭年千古最英雄！

注：余彭年是被公认的中国裸捐慈善家第一人。

送余旭

蓝天抒壮志，碧海写豪情。

报国英雄烈，尽忠已永生。

注：余旭为我国优秀女飞行员，为国壮烈牺牲。

在武汉参加第二届"海峡两岸诗词论坛"暨"聂绀弩诗词奖"颁奖大会有感

梅影东湖宋韵风，长江横渡寄深情。

乾坤浪里博今古，一曲高歌万世雄。

注：毛泽东住武汉东湖数十次，1956 年 6 月毛泽东横渡长江，写下著名词章《水调歌头·游泳》。

（此诗发表于《中华诗词》2016 年十二期）

敬步马公韵恭贺《中华辞赋》创刊三周年

春风春雨未曾迟，北国辞园吐艳枝。

紫气东来牛耳唱，玄师西去马蹄驰。

长江浪涌千秋赋，岱岳峰峨万古辞。

国运朝阳光灿灿，弘扬文脉正逢时。

（刊《中华辞赋》2017 年第二期）

附：马凯原玉

六载蓄芳莫谓迟，三秋竞放俏一枝。

花香自有群芳聚，草碧任凭万马驰。

笔底沧桑收古赋，人间忧乐化新辞。

通灵钟吕呼和鼓，共为中华圆梦时。

（马凯，现为国务院副总理，诗人。）

于巽寮湾海王子酒店参加中华诗词学会举办的全国第六届"华夏诗词奖"颁奖典礼感赋

碧海青天涌浪花，巽寮王子聚诗家。

唐风掠过春芳雨，宋韵迎接夏彩霞。

高论名篇歌史迹，锦词大作唱中华。

扬帆搏海同舟济，啸傲金秋满硕瓜。

中国深商大会感赋

文明史上探商邦，其道中兴国富强。

商海群雄掀巨浪，渔村孺子拓新荒。

英雄辈出春山笋，美丽人生夏海洋。

高筑舞台连广宇，踏歌阔步志气昂。

誓言与承诺

题记：某军六连杜连长是对越自卫反击战一级英模，在全国英模报告演讲42场。1984年4月，杜连长收到一张地方法院有关离婚的传票，部队领导大为震惊。一位一级战斗英雄的老婆怎么会提出与他离婚呢？在法院公堂上，杜连长讲出了真相：1979年他们部队在打谅山时，12位战友共同发誓：活下来的战友，要照顾好牺牲战友的双亲。战后，只有他一人活了下来！他为了实现誓言，每月把工资分为12份，自己留一份，其余寄给牺牲战友的父母。杜连长认为这是自己的事，对任何人都没讲。老婆产生误会，于是提出离婚。公堂上这一席话，真相大白，感天动地，妻子泪流满面，表示坚决支持丈夫！

青松翠柏立殇园，遍地鲜花纪永年。

在耳誓言雷震宇，铭心承诺雨施田。

坟前酹酒声惊地，堂上陈情泪感天。

大爱无疆生死已，真情火焰满人间。

2017 再聚首

题记：吉林工业大学6427班全班同学33人，分别53年后，只有13位同学能相聚。特赋七律纪念。

光阴不待五三秋，雨雨风风闯九州。

苦辣酸甜随命走，健康进步任君求。

少年志向风飘去，老叟宏图雨打留。

友谊长存天地久，共享康泰赞金瓯。

丁酉回眸

一棵弱柳岭南栽，电闪雷鸣任袭来。

八载行前披日月，一朝退后乐书斋。

渔村走过心明亮，诗句寻来脑顿开。

结友高吟舒义骨，聚朋举酒亮胸怀。

苏东坡赞

不新不旧只酬民，非命非官仅对心。

千古追思千古颂，一君品味一君尊。

乌台假案黄泉险，竹杖真情逆旅欣。

淡定高歌何惧贬，从容潇洒泰然身。

注：宋朝以王安石为代表的新党和以司马光为代表的旧党，党
争无情，翻云覆雨。苏东坡虽属旧党，但从不以党派站队，只以事
情曲直本身和群众利益为准。其曾说："官可以不做，命也可以不
要，但一定要对得起良心。"他被新党诬陷，因"乌台诗案"被打下
大牢，宋神宗虽然喜欢苏的文采，但还是要杀他："苏轼抨击新法，
朕要杀一儆百。"后经曹太后和退休的王安石施救，宋神宗才下诏：
免死流放。他在流放黄州时有词："竹杖芒鞋轻胜马，谁怕？一蓑烟
雨任平生。"

落叶

黄叶落纷纷，飘零在野昏。

风中成醉汉，雨下打残身。

欣喜终归地，安然找到根。

明朝为圣土，绿色满林春。

拜本焕长老并会见印顺法师感悟

燃灯照亮大千民，又现娑婆觉圣心。

磨练三身成正果，殷勤点化度来人。

注：燃灯古佛是过去佛；娑婆佛是现世佛；三身佛是法身、报身、应身。法身指真理、正义之身，报身指学习、修炼、积累之身，应身指教化、指引、超度他人之身。

（丁酉年正月初五日于弘法寺）

人生感悟

太阳暖暖心间照，昆仑巍巍眼底煌。

步履蹒跚嫌路窄，心胸郁闷怕更长。

欲求寿延泓波广，当念家兴气节扬。

国盛仍需多尽力，人生公利设前方。

苏联解体 25 周年感言

一书协议葬苏联，历史回眸似眼前。

破碎山河长恨晚，硝烟苦难众人担。

注：1991 年 12 月 8 日，在别洛韦日森林里，由俄罗斯、乌克兰、白俄罗斯的代表叶利钦、克拉夫丘克、舒斯科维奇签署了苏联解体的《别洛韦日协议》。当时苏联领导人和社会上一些人的想法是"换个制度就能解决一切"，戈尔巴乔夫所著的《改革与新思维》充满不切实际的幻想。现据对几个原苏联加盟共和国 35 岁以上的人的民调，80% 以上的人认为生活不如从前。

医改的症结在哪里

全民医保本天经，此路为何不畅通？

医改千条多"妙计"，落实百姓少丰功。

探源道理登天堑？浅显原由笑稚童！

官宦当应精减半，取民膏脂用民生！

预祝十九大圆满成功

东风万里暖全球，龙跃三江润九州。

漫道雄关真似铁，复兴大业铁痕留。

第二部分：词

秋波媚·奔"三线"

迢迢千里赴鄂西，风紧战云低。一声令下，千帆竞比，马不停蹄。

运筹"二汽"奔"三线"，为国别荆妻。缺柴少米，山为驻地，矢志难移。

注：我在 1967 年 5 月 23 日由长春"一汽"奔赴鄂西北郧阳地区筹建中国第二汽车制造厂，参加"三线"建设，为的是准备打仗，当时"二汽"以生产军车为主，是"三线"备战项目。我是第一批参加"二汽"建设的人员之一。

高阳台·忆参加"二汽" "三线"建设

一脉风流，千秋惬意，"二汽"引领风骚。"三线"征途，武当山下旌飘。青山踏过山河变，土屋中，心涌狂潮。路迢迢，满布荆棘，水远山高。

神州铁马山中造，看扬威志气，彰显英豪。夜战车间，抢工每每通宵。中兴大业心宣照，劲冲天，热火燃烧。志弘道，奉献青春，分外妖娆。

注："二汽"为中国第二汽车制造厂，现在的东风汽车公司。"三线"指当时祖国备战的大山区。

菩萨蛮·筹建"二汽"

当年山路鞋磨破，建筹"二汽"一团火。选址踏山沟，沟沟足印留。

武当山野住，无处寻民屋。铁马走神州，"东风"千载牛。

注：我于1967年5月23日由襄阳进山，走了三天三夜到十堰，参加工厂设计和选厂址等工作。曾住在老营宫的破庙里，艰苦奋斗直到生产出"东风"牌汽车。在十堰共工作了22年，其中"二汽"工作16年，十堰市工作6年。

浪淘沙·中央党校记忆

入校我心欢，朋友私言：养身交友且攻关。使命为民何处觅？变了人间。

吾细探书山，实践寻研，高温酷暑苦熬煎，真理探求多险路，舍我何难？

注：刚入中央党校有的朋友就向我交待三大任务：养好身体，广交朋友，找领导攻关。我花大气力写成《关于所有制若干问题的思考》一文作为毕业论文，我刚一出党校，"北京理论界"的一伙人在党校开了批判会，说这篇文章是"反党、反社会主义的政治宣言和经济纲领"，并建议中央对我开除党籍、撤销职务。

诉衷情·"9·26"台风水灾中接待尼泊尔国王及王室一家

富临酒店水成潭，王室困其间。难寻路径深浅。街变海，道行船。

楼断电，室遭淹，怎炊餐？后登皮艇，戏水神闲，吾辈无颜。

注：1995年9月26日深圳罗湖区因台风被水淹，一楼和地下车库全部淹没。当时富临酒店住着尼泊尔国王一家。当晚我在此宴请，但楼已停电、停水，我涉水进入。尼泊尔王后说没见过海，要看看海什么样。结果第二天清晨他们全家坐皮艇出来，王后喜出望外，不停地玩水，可是我们很难堪。

鹧鸪天·深圳感怀

风雨飘摇小圳村，雷鸣电闪外逃民。画圈一笔民心聚，巡视千言气象新。

城舞日，厦凌云，鹏飞赤县转乾坤。龙翔万国和平使，凤转梧桐富裕奔。

鹧鸪天·拓荒牛

一纸匆匆调粤疆，兼程风雨拓新荒。蓝图欲改千秋史，方略更张百代乡。

担木轭，斗蝇虻，身心汗泪夏成霜。新城一夜非神话，散去阴霾万丈光。

长相思·访台湾赠江炳坤先生

这遵循，那遵循。万语千言一国人。中华重万钧。

炳坤君，云林君。大业和平操碎心。人民好重臣。

注：江炳坤为台湾海基会理事长，陈云林为中国海协会会长。二人为海峡两岸谈判代表团团长。在台时江接见我，我赠送他邓垦写的"和而不同"，并送他《长相思》词。他赠我一套书。

附：长相思·王敏健老师次韵厉有为

忠义循，仁义循。血脉同根华夏人。为民秉国钧。

海东君，海西君。玉笛清音奏一心。雄肩塑鼎臣。

江城子·母亲节扫墓

鹏湾浪涌雪连天。泪如泉。语呜咽。永离十载，常绕梦魂牵。"效力人民休忘本，群众事，放心间"。

男儿牢记母之言。不偷闲。上征鞍。为公舍己，奋不顾身前。雨雨风风身隐退，民富裕，母应安。

八声甘州·世道

叹沧桑阅尽数千年，悲壮起波澜。汉将军射虎，灞陵昏醉，遗恨无鞍。刚正稼轩获罪，万古颂遗篇。拍马逢迎道，品戴翎冠。

道德庙堂忠义，又谁人执耳？徒化云烟！看贤良却在，落魄只偷闲。世间难，难扬真善，世间欺，欺不倒心田。长河尽，浪涛汹涌，东去连天。

八声甘州·深圳拓荒牛雕塑

洒一腔热血去耕田，负轭沐晨光。奋蹄原野上，力雄气壮，志气昂扬。拔掉穷根山倒，骤雨拓蛮荒。步步留深印，总向前方。

双角一挑城起，四蹄降魔魉，崛起南疆！路新凭开创，血汗铸华章。起高楼，摩云亲月，建园林，亭榭韵悠长。莲山上，伟人开路，阔步铿锵。

人月圆·往事

　　当年往事伤心透，险肉板开花。一方要闯，他方要杀，倾向谁家？

　　良心天地，万民利益，奉献年华。疾驰奋斗，无暇顾惜，头上乌纱。

满江红·读毛泽东《满江红·和郭沫若同志》感怀

西子湖边，汪庄内、柳风官阙。花颤动，塔铃清脆，碧波难歇。泼墨钱塘江上浪，放歌天目山中雪。"满江红"气势显雄锵，声声烈。

大跃进，缰绳脱。灾害重，寒风冽。看潮流汹涌，浪沙冲决。说教训千真万确，论经验事实如铁。多少事，要日后端详，才真切。

注：1963年1月9日毛泽东在杭州西湖边汪庄写就《满江红》词。当时刚刚度过"大跃进"和"三年困难时期"，毛泽东心情好转。1958年在"左"倾思想路线指导下，全国实行高指标的超英赶美的"大跃进"运动，提出"多快好省"的总路线，结果是"少慢差费"，损失巨大，破坏严重。由于"大跃进"运动的失败，接着遭遇1959年之后的所谓"三年困难时期"，说是天灾，实则人祸。

杏花风·找水

市民夜半难安睡，等待深更接水。大桶小盆分配，街口排长队。

可怜市长心儿碎，四处找寻源水。上项目超常规，水到心田美。

注：深圳是全国七大缺水城市之一。建市之初，深圳缺水严重，50多个工业区断水，居民楼二层以上停水，限时限量分区供水，市民只好半夜起来接水。我曾多次去东莞协调供水工程，由于东莞主要领导人不配合，未果。我只好带领市几套班子领导同志去惠州看东江上游取水口，讨论决定由惠州引水，工程全长109公里，其中70多公里隧道。"三同时"办法上马，七八年才完成，工程之巨，投入之多，代价之高前所未有。

清平乐·寻路

公平何处？迈步无行路。明了公平无去处，怎么追求无数？

一腔热血奔流，无需鞭策耕牛。奋力前行寻路，为何永不回头？

荆州亭·这里是家乡

岩岸拍空涌浪，天海宇声雄壮。一路伴阳光，我与自然合唱。

鸥鹭展开翅膀，红树林中来往。这里是家乡，变革放飞希望。

更漏子·打工者思乡

夜更长，秋雨冷，团聚恰如梦境。母病倒，父劳疾，思乡在广西。

窗外月，清光泻，挨到何时春节？忙订票，挤长车，到家话语奢。

诉衷情·打工妹

人生渴望美年华，谁料早离家。弃乡背井寻路，越湍涧，走天涯。

思故土，想爹妈，闪泪花。路存何处？汗水心田，滚打摸爬。

满江红·小儿晚牧归

莽莽平原，归牧晚，朔风凛冽。荒路上，小牛欢蹦，老牛慢蹑。雁阵高歌人字写，雀群低掠山丘越。辽河水，奔激泛银花，声声咽。

斜阳坠，残似血。忙赶路，心如铁。策鞭声壮胆，放喉吹叶。枝上杜鹃惊振翅，道边野兔忙逃脱。莫胆怯！冷汗沁心窝，孤身孑。

满庭芳·粤北游

十月金秋，大山红透，老翁来兴暇游。水花金浪，约友共登舟。两岸山峦闪后，阳光下，追碧波流。齐声赞，山灵水秀，壮丽我神州。

悠悠，时似水，奔腾而进，绝不回头。忆艰苦时光，耘瘴耕陬。一任风狂雨骤，踏血路，啸剑驰骝。刀尖上，精神抖擞，恰似一雄牛。

满庭芳·人生路

名利如冰，人民地厚，日月光照千秋。命随长短，为众愿当牛。汗水流于大地，效祖国，公利先谋。家难顾，杀开血路，舍己弄潮头。

身修，私利弃，赢亏不计，奋斗难丢。愿甘做靶心，箭镞残留。正气弘扬不惧，几十载，宦海沉浮。人生路，沟沟坎坎，回首笑神州。

卜算子·当年母与子

凛冽北风寒，冰雪连成片。母子搀扶拾树枝，土炕柴烧暖。

深夜读书勤，灯火熏乌脸。母见"包公"苦笑儿，先把孩儿赞。

生查子·血路冲霄汉

君家南海边，大浪随时伴。涛涌诉心言，浪打周身健。

拳拳赤子心，甘为苍生献。施政沥忠肝，血路冲霄汉。

水调歌头·登长城

石印染殷血，砖缝透凄凉。当年苦役含恨，尸骨弃蛮荒。童子悲声动地，孟氏惊天哭丧，城倒雪茫茫。历史却如此，残暴铸辉煌。

登城望，费思量，护边疆。英雄将士，披沥肝胆气势扬。滚滚狼烟蔽日，猎猎旌旗翻浪，嘶马列刀枪。今日虎狼在，弓箭手中防。

忆秦娥·慈母中秋别儿

琴声烈，悠悠慈母空弹月。空弹月，嫦娥泪色，更加伤别。

怀中欢度中秋节，今宵忆起声声咽。声声咽，难追帆叶，落蓑悲切。

注：一位伟大的母亲，在中秋节送别儿子远赴美国工作。

一剪梅·渡舟

电闪雷鸣一叶舟，舟也悠悠，人也悠悠。迎风破浪逆潮流。友劝回头，吾不回头。

放眼前方是绿洲。红满山丘，绿满田畴。飘香花果待今秋。拓垦群牛，欢庆丰收。

江城子·悼朱厚泽同志

铮铮铁骨坦心胸，雪迎风，展英雄。"三宽"部长，永记万民中。谢世赤子常念国，肝胆照，尽贞忠。

注：朱厚泽同志 1986 年曾任中共中央宣传部部长，提出宽厚、宽容、宽松的政治主张，人称"三宽"部长，后遭贬。于 2010 年 5 月 9 日去世，享年 80 岁。

江城子·母亲节感怀

手拿话麦泪千行，未开腔，语先呛。一声问候，母子俱安康。何月孙儿亲祖母？魂渡海，梦黄粱。

注：一位母亲在母亲节这一天与大洋彼岸的儿子通电话的真实写照。

念奴娇·春天的故事

春风送暖，浴南疆、掀起春潮浩荡。万里破冰豪气壮，一路天高清爽。猎猎红旗，杜鹃辉映，鹊立枝头唱。山榕茂盛，梧桐山势雄莽。

血路坎坎炎凉，怎求无恙？汹涌滔天浪。左右冷枪兼咒骂，欲把春天埋葬。雨骤风狂，险途跌宕，士气高千丈。赤心报国，拓荒荆路难挡。

踏莎行·牧童过江

堤坝弯弯，江流荡荡，黄牛沉稳冲冲浪。牧童跳入水中游，扯着牛尾高声唱。

北调南腔，浑然响亮，书包放在牛背上。急流冲过急漩涡，险情过后书包忘。

鹧鸪天·谨防阶级分化

已腻豪餐野菜香，万千斗酒亦家常。危房怎挡风和雨，飞雪何尝冻却凉。

研历史，探兴亡。周期律里任奔忙。若明真谛人民问，正义公平永社康。

青玉案·仕途课

满头银发蹉跎过，入仕道，求甚个？谁向右来谁向左？急流勇进，沉帆百舸。正义航船舵。

险情不断随时祸。恶浪漩涡苦中堕，生死攸关谁识破？白云朵朵，高山座座，生动人生课。

青玉案·瞻仰国殇墓园

远征军远征前线。抗日寇,功勋建。碧血丹心生命献。千秋万古,人民怀念。齐把英雄赞。

今来先烈陵园奠。告慰英灵语千万。血染神州今大变。巨龙腾跃,五洲呈现。祖国花开遍。

注:1945年抗战胜利后,在腾冲的来凤山修建了国殇墓园,埋葬了三千多位英烈。还有十九位飞虎队成员也葬在此处,其中九人是美国飞行员。在山下还有跪埋了三名日本侵略者军官的"寇冢"。

鹊桥仙·明珠归

隔河相望，联桥阻挡，锁国闭关状况。两重世界雾茫茫，眼前是、英租香港。

百年耻辱，一朝涤荡，仰仗邓公开创。明珠华耀写沧桑，入怀抱、神州兴旺。

注：隔河指深圳河，联桥指罗湖桥。

感皇恩·六月三十日午夜前欢送驻港部队入港

军号响天穹，红旗飞爽。驻港军人气雄壮。后方深圳，基地施工难忘。高楼忙崛起，军歌唱。

整装出发，万人空巷。暴雨中民绪高涨。百年屈辱，今夜雨风涤荡。太阳升起后，明珠亮。

解佩令·御用文人

揭开历史，荒唐满纸。颂功德、何知廉耻。指狗为牛，气壮虎、招摇过市。众明知、怎能敢指？

君明民济，君昏僚恃。世人瞧、兴亡明示。树立丰碑，靠文人、太平装饰。皆空梦、败名命逝。

天仙子·较量与抗争

说的是公平正义，行的是离题万里。狐偷狗盗世人欺。凭权力，足私欲，中饱私囊无所惧。

执法弄权玩法律，民众呼号何讲理？弱民受害总离奇。无妙计，谈何易，较量抗争生志气。

注：为深圳贤成大厦冤案写的小册子名为《较量与抗争》。

何满子·特区沧桑

大地阳光普照，百花争艳芬芳。水榭亭台池弄影，琼楼玉宇昂扬。车水马龙灯闪，园中漫步成双。

黑影暗中伸展，城中粉饰描妆。登上舞台忙表演，终归美梦黄粱。历史人民成就，特区历尽沧桑。

烛影摇红·别情

人影无踪，水隔浪涌帆樯动，佳期无限路迢迢，心猛然沉重。盼转回头似幻，唤声声、情真意送。泪流如注，待到何时，相拥与共。

烛暗摇红，笔横纸上心潮涌。猜他与我遥相望，千里相思种。红泪应当作证，烛燃残、余辉入梦。夜风凉浸，慢步街庭，别情谁懂？

注：红泪指烛泪。

祝英台令·代沟

换裙装，施玉坠，抹粉更陶醉。明镜堂前，头上戴鸾佩。妈妈不解旁观：为何如此？不该是，有人约会？

眼含泪，暗暗独自生悲，娘思几多岁？三十春秋，日月似流水。终身大事何归？春心残碎。莫见笑，已难婚配。

烛影摇红·打工者的窘境

月上天穹，海边浪涌清清冷。凉风摇树响沙沙，灯照双人影。漫步轻盈曲径，并肩行、相心许永。论婚谈嫁，海誓山盟，涛声作证。

回到工棚，熄灯暗暗无人醒。悄悄爬铺有微声，当是更深静。虽盼光明美景，但思忖、佳期怎定？寄居何处？答案无踪，听天由命。

烛影摇红·孤雁寻群

孤雁单飞，草原莽莽何方去？凄凉悲唤有谁怜？身抖风和雨。大地无情恐怖，暗深邃、当防猎狙。魄惊魂落，怎忍饥肠，荒汀野渚。

展翅天光，觅群阅遍天涯路。漫途如铁志弥坚，纵受千般苦。难阻穿云几度。忽惊听、声声叫唤。往时同伴，互致平安，歌欢翔舞。

六州歌头·拓荒路

　　七十二，五十秋，路转头。严寒至、风雪凛冽，腹空少衣愁。忆艰辛奋斗，忍饥寒，孜孜求。人生路，坎坷走，创优秀。意气风发，一心报国家，不断加油。一步一脚印，总想争上游。经济困难，叹神州。

　　春光无限美，春城秀，创业开步走。进一汽，造汽车，做计划，巧运筹。"三线"在招手。走南北，分国忧。创新业，进山沟，突击手。奉献有欢乐，艰苦当享受，乞望丰收。阴差阳错路，从政已不由，拓荒孺牛。

　　注：现年72岁，从读大学到退休整整50年。

高阳台·生日有感

枯柳千条，寒云万里，穷乡僻壤天低。贫苦生计，衣单怎忍寒饥？牧牛旷野西风起，颤抖中、日影西移。向天祈，母盼儿归，父恐郎迷。

忽闻远处鞭儿响，气嘘心落地，迎出东篱。慈母掀锅，蛋蒸两只亲施。腾腾热气庆生日，扑向前、相抱依依不分离，父爱山高，母爱天齐。

生查子·如此国情

——深圳贤成大厦冤案

万众眼睁睁，都晓贤成厦。中企受凌冤，外贾明欺诈。

执法太猖狂，弄法当玩耍。辱国祸人民，官吏装聋哑。

念奴娇·邓小平南行前后

苏东变色，震中国，各界遍趋惊愕。左派乘机凶反扑，批判便无商榷。开放收缩，退回改革，欲变平翁略。"和平演变"，民营经济头恶。

特区十罪横加，政策更张，雷暴风云掠。谬误时兴华盖落，尤其假装渊博。马列生吞，伪编理论，三步言蹉谔。南行云散，天晴努力开拓。

注：苏东为苏联和东欧。平翁即指邓小平。"和平演变"，当时有人提出要以反和平演变为中心，改变以经济建设为中心的战略。特区十罪，即当时有一位"学者"给经济特区罗织了十大罪状，并得到当时在位的某中央领导的支持。三步言，即在中央党校反和平演变学习班上，班长王忍之提出的"和平演变三部曲：攻心、夺权、私有化"。

玉漏迟·教师节赠王声溢老师

教师多苦乐，书桌黑板，心灵纯洁。五尺堂台，耗尽半生心血。操练晨钟暮鼓，做师表，身行心觉。趁晚夜，评批作业，日复年接。

心系祖国兴衰，看万众前途，疲劳难歇。桃李花开，香艳南北豪杰。奉献人生岁月，硕果结，金秋谐悦。欢节日，事业用心书写。

（王声溢，男，1942 年 8 月生，辽宁新民人。曾任中共沈阳市委常委、组织部部长；1998 年任沈阳市政协副主席、党组书记等职。是我中学校友。）

凤凰台上忆吹箫·打工者
中秋团聚后

昨日中秋，今宵时候，凭栏眺望难留。大道无人影，笑靥难丢。我欲同舟归去，难如愿、暗自独愁。声声叹，西移月远，只剩空楼。

悠悠，梧桐叶落，飘流莽原中，无止无休。梦境寻他去，江水东流。虽有艰难险阻，风雨路、绝不回头。潸然泪，衣襟透湿，独立孤舟。

声声慢·打工者盼团聚

无穷思念，骨肉亲情，生计久别西东。首盼新年，团聚计划成空。青山又绿东北，梦与亲、快乐融融。忽惊醒，月牙儿清冷，孤寂窗风。

西域秋风落叶，矿山忙井下，心已飞鸿。老母风寒，缺燃料怎过冬？贤妻持家独处，雨里来、疲惫田中。谁照料，小儿郎、三岁幼童？

声声慢·母子情深

寒风刺骨，久立街头，儿郎久别当返。扑影前奔，今日喜得相见。难遮泪流满面，叫声儿、让娘怜看。你可晓，母亲天天盼，终于实现。

见母心酸难忍，坚强汉、含泪把娘呼唤。今后年年，儿要把娘陪伴。贫寒苦艰情愿，不求荣、只求康健。尽孝道，天伦乐、彰显奉献。

上阳春 • 慈父精神

愁云阴暗，北国冰封漫。山雀觅食艰，奋低飞、茫茫一片。雪中农舍，已断绝炊烟。吃苦难，遭祸患，灾害三年罕。

牛骡相伴，饲养公财产。饲料保牲畜，忍饥寒、颗粮不犯。感天惊地，为大众心甘。私利断，公利显，慈父精神赞。

注：1960 年至 1962 年我父亲在人民公社里任饲养员，喂牲畜饲料如黄豆、黑豆和玉米面等，当时人都没有吃的，但要保障牲畜吃好，因为人生存种地全靠牲畜。当时父亲宁可自己挨饿，牲畜饲料一点不动，一口不吃，受到群众信赖和好评。父亲公私分明的品格一直影响、教育着我。

双双燕·母子情依依

越洋过海，离巢放单飞，飒姿初展。衔泥发奋，异域苦修勤练。展翅高翔竞远。任风雨、雷驰电闪。宏图大志凌云，跨越高峰无限。

如愿，踌躇志满。学成把家还？国家思念。母巢空荡，遥梦把儿期盼。幕幕亲情怎断。对弯月、凄凄唱晚。何日跨海漂洋，执手娇儿呼唤。

锁窗寒·但把春天盼

困苦三年，生灵百叹，命殉千万。寒窗岁月，美好时光应现。但严冬，冰封地天，雪披万里山河变。路上人稀少，炊烟渐断，饿殍随见。

寒假回家返，父母心酸，看儿状惨。全身水肿，怎此精神疲倦？叫声娘，流泪惭然，似柴骨瘦蓬污面。米无颗、野芽冰埋，但把春天盼。

注：在1960年到1962年的"三年困难时期"，我正读大学。有一年寒假回家，学校发十多斤粮票，路经沈阳，看姨家孩子饿得慌，送几斤粮票，然后坐刘全福舅舅的马车回新民。我自己全身浮肿，父母饿着肚子在冰冷的室内挨着，我带的几斤粮票没能撑过几天，盼望着春天赶快到来。

陌上花·日出牧归

鸿雁远去云端，群鸟晚归深树。凛冽寒风，尘土起旋飞舞。孤舟一叶河边系，不晓船工何处？牧童愁，泳力难于泅渡，水深拦路。

架窝棚，夜伴黄牛住，战战衣单淋露。噩梦惊魂，哭叫有谁来助？浑身汗冷牙根抖，悔把归时耽误。五更天，对岸鸡鸣烟渺，待归滩渚。

注：小时，家住辽河西岸，到辽河东岸牧牛。因割草数量不足，而耽误了回家时间。快日落时才找船回家，船工已下班。无奈，只得同牛一起在辽河的滩头临时用高粱秆搭窝棚过夜。时已深秋，在惊恐万状中熬过了一夜。第二天船工上班，才得归牧。

鹧鸪天·同韵奉和王敏健老师
《光明使者余彭年》

道路泥泞步履艰，黑云压顶盼晴天。斗争有泪家乡走，运动无情异域悬。

勤奋斗，苦熬煎。酸甜苦辣话当年。光明使者人人敬，百姓复明个个欢。

注：大慈善家余彭年，在全国各省市开展"光明行动"，共为白内障患者复明 40 多万例，人称"光明使者"。

附：王敏健老师《鹧鸪天·光明使者余彭年》

长夜茫茫不见天，扶墙缓缓步维艰。翻书欲读书无语，拭泪才干泪更悬。

扬大爱，暖人间。光明使者是彭年。拨开云翳阳光美，从此人生笑得欢。

疏帘淡月·本焕法师圆寂

山泉泣远，看庙宇庄严，弘寺突显。血壁飞檐翘角，气宏金殿。诵经泪洒烟缭绕，众僧人、寄托怀念。大师圆返，惊天动地，世人悲奠。

大殿上，花圈摆满。沿曲道长龙，奇观展现。万众鲜花献上，敬怀心愿。焚香弟子频频拜，坐龛堂、安睡神健。百年修炼，善缘结遍，上天召唤。

注：本焕法师生前为深圳弘法寺住持，佛门泰斗，于2012年4月2日在弘法寺圆寂，享年106岁，由弟子大和尚印顺接班。

长相思·民心

大同江，鸭绿江，西往东来千古芳，传承阿里郎。

古代王，现代王，治国方针凭武装？民心怎久长？

注：应朝鲜驻华大使池在龙之邀，于 2012 年 5 月 4 日至 9 日访问朝鲜。

好事近·关山月美术馆
纪念关山月百岁诞辰

四海聚高才，关馆纪怀英杰。雕像落成揭幕，百岁关山月。

宏图巨画展当年，观众皆称绝。奉献典型旗帜，学先贤心切。

踏莎行·赞拓荒牛们

从不嫌贫，很难见怪。牺牲自我随其宰。
风来雨去任逍遥，拓荒开业多豪迈。

名翼千秋，功垂百代。为民效力添风采。
犁头黑土变黄金，精忠报国胸如海。

踏莎行·官兵洪水中救人

洪水无情，官兵有义。死生线上无言惧。
浪头打过再前行，紧拉衣袖难抛弃。

心执旌旗，胸怀勇气。人民都是咱兄弟。
人生大义正逢时，献身舍己当全力。

沁园春·香港回归

山海呜咽，似血残阳，巨浪险涛。看虎门烟滚，刀光剑影，民族危难，腐败王朝。洋炮轰门，列强登陆，国土沦丧庶命抛。殖民者，掠夺成本性，割地条约。

春来杨柳千条，日东耀、香江浪涌潮。幸国家强大，神龙跃起，东风日盛，大地妖娆。屈辱百年，今朝雪耻，游子回归众志豪。旌旗展，午夜军号响，卫国天骄。

注：1997年7月1日香港回归祖国，驻港部队午夜由深圳出发执行接收香港守备任务。市民万人空巷，冒雨欢送驻港部队入港。在欢送大会上刘华清副主席和我讲话欢送。

卜算子·民为本

千古种棠梨，我辈应勤奋。世上官民聚一心，万事皆应顺。

权力有约衡，利益享分寸。同乐江山稳固根，真谛民为本。

画堂春·当年牧童

炊烟袅袅小村庄，天低云海茫茫。心随雁阵去他乡，梦觅学堂。

已过读书年岁，学堂影在何方？衣单身冷目彷徨，身倚牛旁。

水调歌头·心路

江阔凭鱼跃，地广任鹰飞。险峰峻岭翔过，何惧逆风吹。宁愿刀锋玉碎，不可身心后退，信念怎能摧！捍道怕何险，卫义敞心扉。

风口里，浪尖上，志民为。国家为大，公利前面大无畏。蔑视荣华富贵，不慕金钱权位，争理几轮回。私利随抛弃，生命可光辉。

潇湘夜雨·不信清风唤不回

大地飞沙，阴霾滚滚，一时地暗天昏。花红柳绿，季节正当春。风肆虐、众人吟啸，烟作恶、雾气氤氲。因何故，神州华盖，黎庶最伤神？

盼清风气爽，山青水锦，莺啭霞晨。布八条令，治腐除尘。从上起，率先垂范，抛利益，触动灵魂。当相信，三章约法，定扭转乾坤。

注：此词 2013 年 7 月 1 日发表于《深圳特区报》。

鹧鸪天·再杀出血路来

雾锁都城霾色增，逼人寒气结成冰。刀光剑影尘嚣上，暗箭明枪带血腥。

冲血路，再征程，横刀立马驾东风。开弓没有回头箭，圆梦中华伟业兴。

注：此词填于甲午马年春天，北京两会之前，对最高决策者寄予厚望。

浣溪沙·夏雨

夏雨滂沱来势汹，洪流滚滚啸苍龙。摧枯拉朽气从容。

恶虎困山犹未死，毒虫淹水亦无踪。何时尚待引长弓？

忆江南·血路上的梦（新韵）

多少代，为梦拼搏中。热血殷殷流大地，染红血路跃苍龙。奋起正东风。

附：张效民答厉有为《忆江南》（三首）

（一）

英灵祭，梦回疆场中。忠骨筑成河山壮，热血染就旌旗红。能不忆英雄！

（二）

英灵祭，神飞烽火中。金戈挥舞退寇雠，长缨在手束苍龙。东方谁为雄？

（三）

英灵祭，豪情荡心胸。环宇又见华夏壮，九州同唱中国梦。公祭告烈雄！

附：陶涛老师和厉有为《忆江南》（二首）

（一）

强中愿，百载梦魂中。志士仁人倾热血，黎民举国护神龙。禹甸漫东风。

（二）

鹏城梦，改革进行中。摸石过河三十载，凭空跃地一条龙。道路拂春风。

忆秦娥·瓜达尔港签约

黑暗夜，长征路上西风烈。西风烈，突围超越，娄山初捷。

太平洋上忙封锁，西方霸主为难我。为难我，重拳如铁，碎其威胁。

注：2015年11月13日中国与巴基斯坦签署了瓜达尔港区43年的经营使用权。

采桑子·重阳

海峡两岸亲兄弟，聚会重阳。畅想重阳，探讨传承诗韵长。

南腔北调浑然唱，奋勇争强。携手争强，共扫阴霾再起航。

（此词发表于《中华诗词》2016年第十二期）

依韵恭和刘征先生《水龙吟·贺中华诗词学会创建三十周年》

大江东去龙腾起，黄土黄河神地。九歌吟咏，离骚传颂，生生不息。唐宋文坛，人才辈出，龙门跃鲤。看洪流万里，千帆竞发，高歌荡、风雷激。

春讯春风春雨，百花放、争奇斗丽。岁临三十，芬芳无比，姹红嫣绿。大路前行，绚阳高照，汗盈负笈。盼神州林茂，龙翔凤翥，山青水碧。

附：刘征《水龙吟·贺中华诗词学会创建三十周年》

风骚焕彩千秋，新天恰待翻新曲。春阳破冻，故园荒寂，沐风栉雨。瞬三十年，云兴潮涌，弘歌户户。会耦耕俦侣，白头笑对，浮大白，嫌未足。

待向来朝纵目，梦飞天，临睨乡土。百花解语，江河化酒，群山峙玉。狂喜灵均，欢歌鲍谢，千杯李杜。向珠峰高处，摩崖镌刻，吾华族，腾飞赋。

（刘征，男，1926 年生于北京，著名语言教育家、作家，中华诗词学会副会长，《中华诗词》主编。）

丙申年末诗友聚会深圳国贸大厦邓公厅，王敏健老师命题《满江红》

旋转餐厅，忆邓公、心绪难平。一席话、阳光普照，语破天惊。姓社姓资涛里滚，猫白猫黑浪中行。光阴转、实践证丰功，大道弘。

尊师道，重义风，同吟咏，共韵声。笔下豪情在，盛赞鹏城。饮水思源难忘本，斗争残酷易伤情。冲血路、虽遍体鳞伤，伟业兴。

注：1992年初邓小平视察深圳，在国贸大厦旋转餐厅发表了重要讲话。邓小平当年讲话的位置现被辟为邓公厅。

步韵恭和马凯同志
《钗头凤·美哉中华诗词》

银铃袖，金声奏。平平仄仄心弦扣。昆仑对，黄河配。天上人间，云蒸霞蔚。美！美！美！

寻诗友，兴词酒。酩酊齐共千吟口。雄心贵，赤诚内。海啸山呼，无穷回味。醉！醉！醉！

附：马凯《钗头凤·美哉中华诗词》

霓裳袖，丝竹奏。泪盈潮涌心扉扣。格工对，律谐配。落寥寥笔，尽收霞蔚。美！美！美！

诗良友，词醇酒。万年难断香传口。真为贵，魂融内。敲平平仄，无穷滋味。醉！醉！醉！

清平乐·谋事为民称好汉

——步韵敬和毛泽东《清平乐·六盘山》

私权看淡，公利天云雁。谋事为民称好汉，抵得雄兵百万。

中华寻梦登峰，拍蝇打虎行风。万众同心奋斗，五洲四海腾龙。

满江红·纪念我党建军九十周年

九十春秋，多少事、风狂雨骤。枪声起，正逢八一，英华年幼。家国飘摇风浪里，黎民交迫饥寒透。先驱者，奋起举长缨，生灵救。

山河碎，民怒吼，英雄烈，长征走。集刀枪剑戟，赶驱日寇。战马嘶鸣城内外，扬帆横渡江前后。全无敌，百万赞雄师，金瓯守。

第三部分：新诗

别友人

一生难得有知音，

并肩携手献青春。

富民何惧荆满路，

兴邦哪怕虎狼群。

春蚕不死丝未尽，

蜡炬正燃泪伴魂。

共誓为国犹在耳，

天涯各赴献此身。

1967 年 5 月 23 日

赠吴华品同志

华品与我同一舟，

荣辱沉浮共喜忧。

城乡一体合民意，

工农携手起鸿猷。

政策英明船有舵，

扬帆拉纤孺子牛。

麇庸腾飞指日待，

开怀醉酹大江流。

注：我任湖北十堰市委书记，吴华品同志任郧阳地委书记。我们共同到郧县检查工作洽谈合作事项，此诗在汉江船上所作。

1986 年 5 月 2 日

怀念饶斌同志

昨日红旗昨日风，

昨夜棚雨昨夜灯。

开水咸菜滋味美，

黑馍糊糊创业情。

苦战夏日汗浇土，

难眠冬夜冷席棚。

方针十四深虑远，

抵斗鬼魔筑群英。

铁足踏出武当路，

心血浇灌汽车城。

喜看今朝十堰美，

勿忘前贤启后生。

注：此诗写于老领导"中国汽车工业第一人"饶斌同志逝世之时。

1987 年 9 月 7 日

清明怀念祖母

活是生离死亦别，

二十春秋思念多。

仁怀慈爱施温暖，

节俭勤劳积美德。

点点梅骨书贞烈，

条条柳丝写高洁。

九天之上魂安息，

瑞雪纷纷哀思托。

注：1988年4月4日清明，此时在中央党校读书，北京下大雪。祖母离开我们二十年了。

在中央党校读马恩著作有感

马恩著作予前程，

后人怎能作樊笼？

三十泥潭陷非浅，

画地为牢自光荣。

呓语连篇昨日梦，

醒来通观头亦清。

镞矢难回应看地，

强弓利箭射新程。

注：1988 年 4 月在中央党校学习，重读马恩原著，对照现实有感而发。

我爱十堰汽车城

筚路山门武当情，

犹有"十怪"落诨名。

放眼楚汉心宇阔，

长啸秦巴气节清。

纵横神州驰铁马，

立坝黄龙锁长鲸。

香樟绿满春常驻，

榴花红遍啭群莺。

注：1989 年 7 月离开十堰时写此诗以纪念。

别车城父老

风雨同舟二十春，

惯用汗水洗征尘。

车间田头知新理，

茅舍米酒暖人心。

今别车城惜离去，

难酬父老教育恩。

乡亲再有为难事，

为民孺子有来人。

注：此诗写于 1989 年 7 月 24 日，即将于 25 日离开十堰。

思念

不孝男儿远离娘，

随波逐流到武昌。

春蚕不死丝不尽，

蜡炬含泪为闪光。

鬓斑方觉年华贵，

独居应知家温香。

欲乘黄鹤归故里，

免得梦魂几断肠。

注：此诗写于去省政府工作一个多月之后的 1989 年 8 月 30
日。父母均在十堰。

十堰车城吟诗会

湖北省诗词学会常务副会长王精忠同志邀我参加1989年10月8日（农历九月初九）在十堰举行的车城吟诗会，我无法赴会，以诗答之。

橘红染重阳，

东风飘桂香。

车城兴诗会，

喜祝二十双。

注：到1989年秋是新中国成立40周年，又是"二汽"建成和十堰建市20周年。

血洒襄阳

瑞雪纷飞梅报春，

血洒襄阳欲断魂。

车祸大难不该死，

黎庶留我再为民。

注：1990年2月4日（正月初九），星期日，我带队去襄阳调研，解决"二汽"的贷款问题。在回武汉的路上，在枣阳遇车祸。我头破血流，脑水肿，脑震荡，颅骨骨折。同受伤者有省计委副主任许凤山、秘书鲁毅、司机王风格。

祝娇娇诞生

九十年代第一春，

云鹏展翅紫骝奔。

红梅一枝先放彩，

锦上添花一娇孙。

注：1990年2月13日娇娇诞生，我在医院住院写此诗祝贺。当年是马年。

祝楠楠诞生

九十年代第一春，

骐骥追赶报喜音。

世纪文明凭开创，

报国自有后来人。

注：1990 年 5 月 9 日楠楠诞生，写此诗祝贺。

别再叫我们"农民工"

领导称我们"农民工"，

哭笑不得绪难平。

我们一天农民都未当过，

只是在农村读了初中。

我们未取得做农民的资格，

我们不懂得犁耙农经。

我们的户籍在农村，

从而就把我们农民的身份固定？

农民是个伟大的称谓，

上溯到我们的祖宗。

我们是他们的子孙，

感到无上光荣。

现代城市的居民，

请问问他们的祖宗：

原来都出身农民，

和我们的祖宗没有什么不同。

这是历史的进步，

这是人类的文明。

我们想当农民，

继承祖业老实务农。

可是，农村的发展，

对我们年轻一代实在难容。

农村越来越少的土地，

怎容下八亿人去耕种？

请问路在何方？

只有进城做工。

谁愿意使父母长吁短叹，

成为空巢老翁？

谁愿意夫妻千里长别，

这是怎样的青春人生？

谁愿意远离父母之爱，

竟被人称做"留守儿童"。

谁愿意在异地他乡，

在生存的道路上低人一等。

远离家乡我们并不情愿，

谁没有浓浓的乡情？

远离父母我们撕肝裂肺，

谁不是父母所生？

抛下妻儿我们更不情愿，

只能是长久别离，来去匆匆。

可是，我们别无选择，

只能顺应城市化、工业化的进程。

在城里干苦累脏活我们不怕，

因为我们要赚钱谋生。

一天干十几个小时我们不怕，

因为我们年轻力气无穷。

在城里没有社会保障我们不怕，

因为我们把未来无限憧憬。

融入不了城市社会我们不怕，

因为我们对祖国充满感情。

但是，称我们是"农民工"太蹩脚，

常常引起我们阵阵心痛。

我们是工人阶级的年轻一代。

我们是工业战线的新兵，

我们要献出青春和热血，

把中华勤劳的文明传承。

我们的劳动使祖国强大，

我们的汗水使中华振兴。

请让我们融入城市吧！

这是我们心底的呼声。

请给我们同等待遇吧！

这是我们殷切的恳请。

请解决我们的子女教育问题吧，

相信会有社会公平。

我们是上亿人的庞大群体，

请社会理解我们的苦情。

我们期待，

我们倾听。

我们企盼，

我们力争。

我们呼号，

我们恭行。

我们渴望，

别再叫我们"农民工"。

1998 年 8 月 4 日

家乡——永远的思恋

我思恋家乡，

家乡的图画经常在我脑海中走过。

我思恋家乡，

那一年四季十分分明的美色。

我思恋家乡的黑土地，

庄稼长得风风火火。

红高粱映红了天空，

绿藤中结满了瓜果。

我思恋家乡的辽河，

河水潺潺流过。

滋润了广袤的黑土地，

养肥了捕不尽的鱼蟹。

我思恋家乡的涝洼地，

嬉戏着成群的野鸭和天鹅。

望不到边际的蒲草塘，

除了绿色还是绿色。

我思恋家乡的辽河长堤，

杨柳婆娑沿长堤排列。

野草吐着芬芳，

野鸟成群飞落。

我思恋家乡的月色，

点点繁星布满银河。

一尘不染的风和日丽，

悠悠地飞渡白云朵朵。

我思恋家乡的春天，

杏花芬芳映满村坨，

阡陌是一幅明快的油画,

乡亲们正忙着给油画涂色。

我思恋家乡的夏日,

金色的麦浪拥抱太阳的热火,

收获的汗珠洒满炽烈的大地,

乡亲们心中充满丰收的喜悦。

我思恋家乡的秋忙,

玉米装满大车小车。

孩童们在谷场中打滚,

谷场里不断传出笑语欢歌。

我思恋家乡的冬雪,

冰上捕鱼无限欢乐。

冰穿穿得冰花四溅,

鱼儿不断在网中跳跃。

家乡父老把我养大，

我给家乡父老赤心一颗。

家乡是我生命的根基，

家乡的一切难以割舍。

家乡令我梦魂牵绕，

家乡的故事我可以讲几天几夜。

永远思恋我的家乡，

直到生命的最后一刻！

注：我的家乡在辽宁省新民县（现改为新民市）金五台子乡杏树坨子村。我生在这里，少时在这里放牛，直到读完高中才离开新民，家乡给我儿时和青年时代留下的印象实在是太深了。

2000 年 3 月 18 日

悼首长习仲勋同志

英雄少年束长缨，

驰骋疆场任西东。

赤子一心为百姓，

豪杰十载有冤情。

狂飙难卷钢铁志，

沿海开放再建功。

万众泪洒长安道，

战士永生民心中。

2002 年 5 月 25 日

他乡寻梦

自家生疏少，

他乡寻梦多。

习惯终成病，

求变必坎坷。

有益国家计，

担心意若何？

利国生死以，

当为后人谋。

2002 年 5 月 28 日

开拓者

要开拓，有曲折，

要开拓，有漩涡。

要开拓，有风险，

要开拓，有欢乐。

要开拓，有失误，

要开拓，有成果。

人生一世要开拓，

没有开拓不快活。

2002 年 6 月 3 日

咏牛

谁同大众最相亲？

谁与田园不可分？

谁将功名当粪土？

谁为奉献苦耕耘？

谁能哑口疾寒忍？

谁不张扬事业勋？

谁肯终生为百姓？

沧桑世道愿负薪！

2002 年 6 月 16 日

李可染《师牛堂》赞

巍巍昆仑迎朝阳，

心血铸就《师牛堂》。

一生一世牛为表，

一笔一墨牛势强。

一丝不苟风骨显，

千锤百炼气节扬。

法道得法道亦宽，

学牛做牛路亦长。

注：李可染画牛名扬天下，其书房号称"师牛堂"。

2003 年 7 月 1 日

三更牧牛

三更起来去牧牛，

喝口凉水当早餐。

蓑衣铺地回笼觉，

醒来黄牛终不见。

晨曦未至天未晓，

疑是贼人把牛牵。

禾黍地里哞声叫，

追到田头响一鞭。

2003 年 7 月 1 日

牛可度

牛可度，心可量，

表里如一怀坦荡，

汗水洒过田畴绿，

愿为他人嫁衣裳。

"天可度，地可量，

唯有人心不可防，

但见开诚赤如血，

谁知伪言巧似簧。"

注：后四句引用白居易的诗。

2004 年 4 月 14 日

牛的大眼睛

牛牛，牛牛，大眼睛，

鼓出外，直愣愣，

昂着头，迎着风，

瞪着我，好狰狞。

如果你会说话，

如果你会与人讲平等，

如果你在鞭笞下会呻吟，

如果你在屠刀下会求情。

是谁不让你说话？

是谁不给你平等？

是谁剥夺了你的权利？

是谁让人把你欺凌？

这一切只有天知晓，

这一切都不讲温情，

这一切没有平等可言，

只见你的大眼睛冰冷、冰冷。

如果还有下辈子，

你还会托生牛吗？

让岁月变换的风，

把这些问号磨平！

注：此诗刊载《孺子牛》，2007 年版。

2004 年 12 月 6 日

妈妈百岁诞辰祭

慈母百载，

伟大母爱。

恩情难报，

光辉一代。

年轻生病，

死去活来。

求医拜佛，

常年吃斋。

辽河发水，

房屋冲坏。

土地被淹，

生活无奈。

左邻右舍，
友好相待。
与人为善，
宽大胸怀。

妈妈诞辰，
已经百载。
儿孙怀念，
泪涌大海。

艰苦岁月，
吃糠咽菜。
御寒冬衣，
补丁连串。

十冬腊月，
野地拾柴。
养育吾儿，
苦撑苦挨。

一家和睦，

善良奶奶。

尊老护幼，

互敬互爱。

儿孙怀念，

继往开来。

和谐社会，

民安国泰。

跪地叩头，

三起三拜。

爸妈安息，

香火百代。

注：母亲刘坤顺，生于旧历1905年九月一日，终于旧历1995年六月十三日，享年90岁。

2005年6月12日

牧童望雁

蓝天无垠，

大地宽广，

天上的大雁，

和谐歌唱。

仿佛在相互鼓励，

不要掉队，要紧紧跟上。

是哪位老师教的——

歌声如此嘹亮？

又是哪位老师教的——

排成人字两行？

你们为什么总向南飞？

原来秋风乍起，天已渐凉。

你们去寻觅——

那温暖的南方。

我为什么没有老师？

我为什么不能飞翔？

我为什么在寒风中颤抖？

我为什么咕咕饥肠？

我要远走高飞，

去大雁去过的地方。

可是，我现在只有伴着牛儿，

赤着脚，站在辽河边上。

注：此诗刊载《孺子牛》，2007 年版。

2006 年 1 月 7 日

悟牛斋

牛悟我来我悟牛,

苦作一生热汗流。

鞠躬尽瘁为大众,

骨角皮肉不曾留。

一悟再悟天天悟,

一修再修日日修。

悟得牛品多奉献,

修得人生少烦忧。

注:本焕大师在百岁诞辰时给我题"悟牛斋"三个大字。书法原件捐给深圳市政府,档案局存。

2006 年 5 月 14 日

牛转乾坤（十六首）

（一）

大禹王牛转乾坤，

抛妻儿三过家门。

率众人疏浚河道，

走南北治水为民。

（二）

秦始皇牛转乾坤，

施高压铸城屯军。

谋统一千古伟业，

兵俑坑万代绝伦。

（三）

汉高祖牛转乾坤，

垓下役奠定汉魂。

萧何相运筹帷幄，

胜千里仰仗韩信。

（四）

唐玄宗牛转乾坤，

黄河桥始建蒲津。

八铁牛地锚拉紧，

走坦途便利秦晋。

（五）

清乾隆牛转乾坤，

《金牛铭》留传至今。

识民艰政通人和，

留盛名一代英君。

（六）

孙中山牛转乾坤，

倡共和脚步急奔。

灭大清军阀混战，

好主义留给世人。

（七）

毛泽东牛转乾坤，

兴武装图灭贫困。

无产者前仆后继，

终迎来新中诞辰。

（八）

刘少奇牛转乾坤，

论修养利国利民。

为真理身陷囹圄，

受冤屈忠党英魂。

（九）

胡耀邦牛转乾坤，

实践者知行一身。

为国事直言不讳，

为民事百倍用心。

（十）

邓小平牛转乾坤，

三落起鼎力创新。

惊天地改革开放，

动寰宇强国富民。

（十一）

彭德怀牛转乾坤，

钢铁汉屡建功勋。

万言书为民请命，

人民颂本色将军。

（十二）

华国锋牛转乾坤，

关键时断下决心。

"四人帮"彻底粉碎，

百姓中丰碑永存。

（十三）

周恩来牛转乾坤，

大丈夫能屈能伸。

立高位礼贤下士，

谋大业以民为本。

（十四）

吴桂贤牛转乾坤，

纺织女劳模加身。

搞创新出类拔萃，

请辞官天地良心。

（十五）

陈永贵牛转乾坤，

带乡民摆脱贫困。

拼老命劈山造地，

做官僚伤透脑筋。

（十六）

王进喜牛转乾坤，

战荒原勇于献身。

大会战一马当先，

大油田铸就铁人。

2007 年 8 月 5 日

做牛做人（九首）

（一）

辛辛苦苦做回人，

起早贪黑伴星辰。

但得众生皆温饱，

不辞羸病困此身。

（二）

谦逊谨慎做回人，

循规蹈矩当用心。

佳苗五月不能犯，

磨剑十载求功深。

（三）

认认真真做回人，

待人处事讲认真。

犁头直来又直往，

哪怕世人笑愚笨。

（四）

老老实实做回人，

投机取巧弃如尘。

不慕旁门左道显，

不听弦外妙高音。

（五）

光明磊落做回人，

如牛负重献青春。

思考实践再思考，

知行合一人之魂。

（六）

顶天立地做回人，

似牛勤劳为黎民。

褒贬自有春秋史，

行止无愧天地心。

（七）

深信马恩做回人，

不慕荣华求先进。

相信世间真理在，

上下求索直到今。

（八）

风口浪尖做回人，

敢闯怎能顾自身。

污泥浊水满身溅，

清自清来浑自浑。

（九）

潇潇洒洒做回人，

神州大地任尔奔。

大海扬波鸥左右，

高山放眼雄鹰临。

2008 年 7 月 1 日

父亲百岁诞辰祭

伟大父亲，

恩情海深。

光明一生，

磊落做人。

吃苦耐劳，

友善乡亲。

助人为乐，

享誉全村。

弟妹幼小，

其父伤魂。

其母持家，

忍饥负薪。

艰苦创业，

苦累一身。

教养弟妹，

苦口婆心。

弟弟婚娶，

家困无银。

东奔西走，

求助亲邻。

年轻持家，

内外伤神。

租佃土地，

日夜劳辛。

地主欺压，

正义难寻。

官官相护，

公理何闻？

日伪统治，

祸及乡民。

小叔抽丁，

几近断魂。

全国解放，

农民翻身。

互助合作，

父亲热忱。

抗美援朝，

二叔战临。

凯旋故里，

身留弹痕。

吾能读书，

感恩父亲。

学业优秀，

父乐频频。

随儿"三线",

已近七旬。

家教从严,

正派洁身。

为助儿困,

带病执勤。

忠于职守,

始伴星辰。

儿调特区,

父伤脑筋。

责任重大,

能否胜任?

两孙心肝，

教导认真。

使其成长，

期待殷殷。

高兴迎来，

小平南行。

千叮万嘱，

让儿遵循。

父病之音，

儿外扶贫。

病榻之上，

关心他人。

乘鹤归去，

心地清纯。

顶天立地，

其善美真。

注：父厉逢春生于 1909 年 4 月 18 日（旧历），终于 1998 年 8 月 7 日。父 19 岁时祖父去世，从此主持家政，与其母亲、两个弟弟、三个妹妹艰难度日。新中国成立后，"土改"时划为佃农。老叔厉逢吉，"日伪"时被抓壮丁，从事苦力，几乎送命。抗美援朝时二叔厉逢太赴朝鲜参战，停战后，受伤而归。父亲同我去湖北"二汽"，支援"三线"建设，因家中收入低微，父亲只得带病找个临时工打更、看水库闸门。起早贪黑，抱病工作，从不叫苦。对两个孙子和一个孙女视如掌上明珠，疼爱有加，教育从严。家里从父亲做起，树立起勤俭持家、艰苦朴素的好家风。

2009 年 4 月 18 日

送别孟连昆同志所想到的

记得那是二十年以前，

我们从未谋过面。

您代表组织，

找我长谈。

您严肃地告诉我：

要把你送到风口浪尖，

那是经济特区，

你去接受考验。

我问：什么是经济特区？

我感到十分突然！

您和蔼地说：

概念我也说不全。

你去后认真学习，

好好看看文件。

深圳等你去开会，

你再不能左右为难。

明天由京直接去报到，

不要再回武汉。

我说：我工作没有交待，

要宽限几天。

那好，今天回汉，

只给一天时间。

当晚我乘上飞机，

忐忑飞回武汉。

先去向书记汇报，

企图让书记把我留挽。

省委书记说：

中央的决定，你自己权办。

再向省长报告，

省长说：为挽留你，

我已找过中央领导，

回答是中央决定不变。

于是，我决心前往，

难道是火海刀山！

一晃就是二十年。

时间把楼变高，

时间把路变宽。

时间把海峡变窄，

时间把荒山变川。

时间把乡变城，

时间把城变繁。

时间把国变强，

时间把民变善。

时间把我变老，

时间把您变仙。

谁曾料到，

今天，就是今天

我们在八宝山见面！

您紧闭双眼，

舒展泰然。

在您那慈祥的脸上，

仿佛刻着公正清廉。

在覆盖的鲜红党旗上，

仿佛您又战斗在最前线。

在周围摆放的鲜花上，

寄托着亲人和同志们的思念。

永别了！同志！

永别了！从前！

2010 年 8 月 8 日

血路

风口浪尖弄潮头，

改革必伴热血流。

血路杀得伤遍体，

夕阳染红孺子牛。

2010 年 11 月 11 日

一带一路

一带一路走高棋，

一陆一海联东西。

一招一式促合作，

一举一动破大题。

2014 年 3 月 18 日

从牧童到痴翁

一蓑一笠一牧童，

一山一水一翠峰。

一韵一律一支曲，

一生一世一痴翁。

2014 年 3 月 23 日

第四部分：诗评

致厉有为同志

◎王　蒙

欣得《悟牛斋诗词》，非常高兴。谨向作者厉有为先生致以热烈的祝贺！

厉有为的诗词有一股如牛如犁、如火如荼的热烈，有一股精气神，有一种执著与诚恳，有一种鲜明与声威。他歌颂改革开放，歌颂开拓创新，歌颂人民的艰苦奋斗，歌颂中国的快速发展面貌一新，歌颂党的肃贪反腐加强法治的决心，歌颂我们蒸蒸日上的生活图景。

厉有为的诗词，多数采用中华古典诗词的格式，然而洋溢着活力与当代感。他写的是活泼泼的、有的放矢的、贴近生活贴近百姓的诗。读之如听到他的大笑，看到他的愤慨，感到他的友谊，也体会了他的心胸、他的决心、他的舒畅，当然也有他的不平！

我尤其喜欢他为打工人员写的诗词，以及与一些友人的唱和。他的这些诗里有一种纯真，有一种童心，有一种激情。诗人厉有为，修辞立其诚。诗赋分明厉，作为奋力冲！

行吟真有彩，言谈皆由衷。愿作开荒牛，耕田霹雳鸣！

　　谨写此文，祝贺祝贺！

2016 年 4 月 12 日

　　（王蒙，男，1934 年生，中共十二、十三届中央委员，第八、九、十届全国政协常委。中国当代作家、学者，文化部原部长，中国作家协会名誉主席。任南京大学等十余所大学教授或名誉教授。）

俯首甘为孺子牛

◎ 林锡彬

最近，我有幸拜读了厉有为君所著《悟牛斋诗词》。使我深感意外的是，这位曾经日理万机的老书记、市长，业余生活竟然在"平平仄仄"的击节声中。这新出版的诗词选刊，其创作内容历时三十多年。作品体现了作者丰富的精神世界，描写及反映的，基本上是与作者的工作和生活息息相关的人和事，是切身的生活体验。从中，我们可以感受到时代的惊涛骇浪、人间的沧海桑田。在这样颇为特殊的心路历程中，大多数作品表现了作者情牵家国，萦民于怀，关心民众疾苦，反映大众心声的气魄和胸怀，使我的敬意油然而生——"你懂的"，在任何时期的政治生态中，身居领导地位的大小官员，一般是不轻易流露个人情感的，更何况是身任著名城市市长这样职务的人。

除了那些慷慨激越的时政篇章、与人为善的唱和之外，我最喜欢的，是其中的"咏牛诗"。我认为，这是厉诗的一大特色。

厉君爱牛，世所皆知。从《悟牛斋诗词》中看，更是"唯牛是崇"。悯牛、学牛、甘为孺子牛，成为这些作品思想内容的主线。先来看这首《咏牛》：

模范标杆尊上臣，缺柴少米不嫌贫。

终身不叫一声苦，传世酬劳几代人。

虽任鞭笞无怨恨，漫吟痛苦守嶙峋。

人间世道多掺假，只有牛途总认真。

颈联和颔联，总结出了牛的特点，突出了牛的无私与奉献。尤其是任劳任怨的精神，这正是人类精神层面所稀缺的，对人们有很好的启示作用。同时也表达了作者之所以爱牛的感情原因。从艺术上看，采用流水对手法，对仗工稳，生成警句，是为佳联。

因为对牛的殊爱，对于生活中的于牛不公，作者表达了非常的无奈和怜悯。请看《斗牛》：

四蹄跳跃展雄姿，万众凝神注目时。

勇士狠心急下手，淋漓血溅惹深思。

这大概是目睹西班牙斗牛场面时的感慨。斗牛是西班牙等国家的娱乐风尚，对此，很多动物权益保护者是极力反对的，认为这种活动有悖于人类的仁慈德性。可以说，这种娱乐，只能助长人类埋藏在心灵深处残忍本性的蔓延，不利于"和谐社会"的发展。作者有这种细腻的怜悯之心和良知，是难能可贵的。

又如《负重耕牛》：

负重耕牛特有神，犁铧步步印蹄深。

金银财宝人拿去，老卧残阳病苦吟。

这是一幅"残阳卧牛图"啊！起首二句，以眼神、以脚印，概括了老牛青壮时期的征程；下面又很自然地转结——它为人们做出了巨大贡献，最后还得在夕阳中病重苦吟。事实上，往往是待宰呢！从这里，我们不难发现，作者仁慈隐恻的宽厚心境。

1992年12月，厉有为同志任深圳市市长，之后又担任市委书记。从诗词集中我们看到，引发他高度工作热情的，是市委门前那座《孺子牛》（又称《拓荒牛》）雕塑。

这座雕塑落成于1984年7月27日，作者为当代著名雕塑家潘鹤。雕塑突出了拓荒牛粗犷雄伟、坚韧不拔的气质，是刚毅和力量的象征，是深圳的城市精神，代表了深圳经济特区开拓创新、拼搏进取的时代风貌，它深深地感染着深圳市民和观众。同样，它也深深地感染了作为诗人的厉有为。请看《咏深圳孺子牛雕塑》：

立下为民志，勤耕效国家。

南疆开血路，幸福满中华。

这相当于一位市长来到城市图腾面前宣誓就职的誓言。后两句，涵盖了邓小平关于深圳要率先为改革开放"杀开一条血路来"的著名号令。

再看这首《八声甘州•深圳拓荒牛雕塑》：

洒一腔热血去耕田，负轭沐晨光。奋蹄原野上，力雄气壮，志气昂扬。拔掉穷根山倒，骤雨拓蛮荒。步步留深印，总向前方。

双角一挑城起，四蹄降魔魑！崛起南疆！路新凭开创，血汗铸华章。起高楼，摩云亲月，建园林，亭榭韵悠长。莲山上，伟人开路，阔步铿锵。

这首长调，上阕细致描述雕塑作品的形态，写出了潘鹤教授的创作初衷，形象鲜明、可爱，状物描神到位；下阕写拓荒牛对深圳所产生的文化影响，歌颂了深圳改革开放的丰硕成果，表达了深圳对伟人邓小平的深深怀念。全章铺陈有序，粗中有细，详略得当；音韵铿锵，时代精神强烈。是深圳颂诗中的佳作。

厉有为是爱牛模范，更是学牛的行者。他是怎样以牛为榜样为人做事的？先来看《原韵奉和金文正老师（二首）》之一：

为官本是拓荒牛，血汗应挥绿野畴。
呵护民生为己任，一生苦乐壮神州。

再看《牛轭弯弯》：

摧枯拉朽战荒原，牛轭弯弯不下肩。
挥汗无须扬杖策，泥巴也要变金山。

这类"牛粉"的诗还有很多。他把牛当成了偶像，供到书斋里去，斋名曰"悟牛斋"，诗曰：

牛悟我来我悟牛，苦作一生热汗流。
鞠躬尽瘁为大众，骨角皮肉不曾留。
一悟再悟天天悟，一修再修日日修。
悟得牛品多奉献，修得人生少烦忧。

可以说，这首诗集中反映了作者秉承孺子牛精神的意志，写得朴实无华、真挚自然。牛在他的心目中，已经到了神圣的地位。正是有了这种极具个性的精神榜样作为动力，才使他的改革开放事业举世瞩目。作者在《踏莎行•赞拓荒牛们》中吟道：

从不嫌贫，很难见怪。牺牲自我随其宰。风来雨去任逍遥，拓荒开业多豪迈。
名翼千秋，功垂百代。为民效力添风采。犁头黑土变黄金，精忠报国胸如海。

全词胸怀坦荡、酣畅淋漓。在回顾仕途风雨无限感慨的同时，抒发了胸中的块垒，表达了革命者的豪情，很有感染力，是一首咏志抒怀的好作品。

其他如：《牛转乾坤》，吟咏史上一系列风云人物，以牛喻人，一口气写了十七首；《做人做牛》写了九首，均表达了作者"俯首甘为孺子牛"，锐意改革开放的政治抱负，其义可嘉。

据说，厉君生肖属牛，又到以孺子牛精神为城市标志的深圳市工作，所以喜欢收藏各类牛的艺术品。从2005年开始，他把毕生收集的1500余件藏品，全部捐献给了深圳市政府，由市档案馆收藏并展出。他是这样界定他的爱好和收藏的："与美的事物在一起，不单陶冶我的情操，而且深刻鞭策我按拓荒牛精神做人，这就是我收藏牛的艺术品的全部意义。"我们也可以从他的诗中，倾听到作者心灵的欢歌：

> 苟利黎民生死以，特区涌现拓荒牛。
> 江山永固凭牛马，万里春风到垅头。

这是他同韵奉和王敏健老师《恭贺拓荒牛与千里马画展成功开幕》的诗。尤其是"万里春风到垅头"，直比"池塘生春草，园柳变鸣禽"（谢灵运《登池上楼》），生机勃发，才情并茂，是为佳句。同题唱和较好的还有五律《和杨桂霞老师》：

> 珍藏奔走苦，展出劲风道。
> 笔下乌骓马，田间孺子牛。
> 志开光灿道，蹄踏陌阡畴。
> 始绘神州美，春犁不负秋。

至此，这头"老牛"的平生勋业，连同诗词集，一起

完成了信仰昭示、积累贡献、审美共享的精神耕播。可以
说，这是他的人生价值自我升华的最好方式。

2016 年 5 月 30 日

（林钖彬，男，原籍广东惠来，现居深圳。中华诗词学会理事，
广东中华诗词学会常务理事，深圳市诗词学会会长，深圳市书画家
协会顾问，深圳企业家书画协会副会长。出版发行《槎牙集》《三秀
集》《不解集》，诗词书法《惜墨斋书怀》等。）

从告别、思念及民工诗中看诗人情怀及其诗词风格

——拜读厉有为先生《悟牛斋诗词》

◎邹国荣

日前，厉翁有为先生将其新近出版的《悟牛斋诗词》馈赠于我。捧着这沉甸甸的诗集，我既是赞叹，又是惊讶。《悟牛斋诗词》洋洋洒洒，着实了得，令人赞叹。

众所周知，厉有为先生一生从政，尤其是曾在深圳经济特区这一中国改革开放的前沿阵地担任市长、市委书记要职，政务之繁忙可想而知，但其能在极少的闲暇中，进行诗词创作，且收获颇丰，确实是难能可贵，令人惊讶。厉翁是我们的老领导了，在拜读其大作之时除了有一份特殊的感情外，更多的是为他的大爱情怀和艺术成就所感动、所折服。

在《悟牛斋诗词》中，内容海涵时政、经济、自然、人文、历史、世故、人情方方面面，多为不刊之作。我觉得最能表达诗人的大爱情怀及风格的莫如他的几十首别离、怀念，以及怜悯、歌颂农民工的诗篇了。严羽云："诗有别才"。厉翁长期从政，常修为政之德，常思民生疾苦，所历广泛，洞悉社会百态，范仲淹说"先天下之忧

而忧，后天下之乐而乐"，厉翁的创作，尽是此种胸襟，触及笔端，寄以家国情怀，富有浓郁的生活气息和鲜明的时代特点。

一、陈以表情

陈，就是陈述、铺陈、白描，是一种表情的修辞艺术手法，它能很好地表达诗人的情感。在这改革开放的年代，在当今新的语言体式下，与战友、同志的交情，陈，更为直达，更能发之肺腑，达之情窦，更能淋漓尽致，拨动心弦，感人至深；更能用新时代的触觉，抒发诗人情怀，推陈出新。首先来看看《别友人》：

> 一生难得有知音，并肩携手献青春。
> 富民何惧荆满路，兴邦哪怕虎狼群。
> 春蚕不死丝未尽，蜡炬正燃泪伴魂。
> 共誓为国犹在耳，天涯各赴献此身。

这一首诗八句话，一口气陈说完，意气勾连，没有一句隐晦的描写，但诗人已经把自己要表达的情感表达得淋漓尽致。诗人与密友、知音要去赴任就职了，心中有许多要表达的情感。此时诗人立志要为国献青春、献身躯。既然如此，那还有什么可畏惧的呢？还有什么不能抛弃的呢？那还管什么地北天南呢？要表达这一情感，一切含蓄、沉着的描绘似乎都会显得苍白、多余，没有这剖心开腹直吐心声来得慷慨、来得痛快。"诗言志"，陈说完了，诗该表达的情怀表达出来了，这就达到了诗最原本的"言志"要求，这就是一种艺术的造诣。又如《悼首长习仲勋同志》：

> 英雄少年束长缨，驰骋疆场任西东。
> 赤子一心为百姓，豪杰十载有冤情。
> 狂飙难卷钢铁志，沿海开放再建功。
> 万众泪洒长安道，战士永生民心中。

被悼念缅怀者习仲勋同志是中国共产党的优秀党员，伟大的共产主义战士，杰出的无产阶级革命家。这首诗其实既是一首悼诗，也是一首颂诗。诗人对被悼念者十分崇敬，而被悼念者史迹之磊磊，功劳之勋勋已是历历在世，昭昭于人。所以用直陈的手法，把被悼念者的功劳德望直抒出来，便能很好地达到追悼及怀念的效果，比做更多的比喻、描写要直达得多，效果也就明显得多。

二、白中见浓

白，明白晓畅，平易浅显，就风格来说，它属于通俗、直白的范畴。它不同于沉郁、纤秾，更有别于绮丽、含蓄、缜密、委曲、飘逸等风格。王充说："口则务在明言，笔则务在露文。"（《论衡·自纪》）所谓"明言露文"，即指直白、通俗。王充又说："高士之文雅，言无不可晓，指无不可睹。""晓然若盲之开目，聆然若聋之通耳。"（同上）惠洪《冷斋夜话》中说："白乐天每作诗，令老妪解之。问曰，解否？妪曰解，则录之，不解则易之。"可见白居易的浅白通俗，并非脱口而出，而是认真推敲的结果。

在厉翁诗词中，尤其在告别分离、思念缅怀、怜悯歌咏打工一族的诗中，大多写得很直白，很通俗，很朴素，很真实，就像鱼翔浅底，水落石出一般，清明透彻。没有更多的含蓄和蕴藉，更没有隐晦和矫揉造作。但表现出来的情意却是沉淀后的清明，雨洗后的浓郁。就像一杯烧开的清泉放入了早春的绿茶，色虽冲和平淡，味却浓郁清香。如《思念》：

> 不孝男儿远离娘，随波逐流到武昌。
> 春蚕不死丝不尽，蜡炬含泪为闪光。
> 鬓斑方觉年华贵，独居应知家温香。
> 欲乘黄鹤归故里，免得梦魂几断肠。

诗中八句话，句句无须引注，无须解释，读者读之明白。但细品之中，你会品出游子情怀，品出孝子情怀，品出断肠泪光。为了吐丝奉献，为了照亮社会，离开了老母妻儿，但那份恩、那份情怎么能割舍得了呢？好一句"独居应知家温香"，好一句"欲乘黄鹤归故里，免得梦魂几断肠"！这种情感唯游子能感同身受，其情感天。又如《打工者的路》（九首）之其二、其三：

其二《寻工》

东奔西走汗白流，力尽精疲苦闷愁。
一月寻工无结果，不知明日向谁求？

其三《再寻工》

功夫不负有心人，柳暗花明又一村。
但愿勤劳能补拙，平凡岗位乐耕耘。

这两首诗更是平常语，但一句一层意思，说出了农民工入城找工作的渴求、艰辛、郁闷、忧愁、彷徨、无助、无奈，以及找到工作后的喜悦和自勉的心境。从中读者既能实实在在地感受到打工仔的生活境遇和情感，同时也能感觉到一个领导者熟悉了解下情、民情，"先天下之忧而忧，后天下之乐而乐"之浓浓的情怀。在社会现状如此的现实中，作为在位者欲改变而无法改变，或者一时难以改变的情形下，能付出体察之心、怜悯之心也是一种大爱的体现，亦足于慰伤痕，比之唐人李绅的两首悯农诗也未见其逊色。再如《纪念邓小平同志》之二：

乘鹤翔天逾十年，南行故事忆春天。
航程拨正多亏舵，路线宣明好驶船。
红树林风喧白鹭，莲花山色掩啼鹃。
拓荒继志承宏业，华夏人民创续篇。

这是一首纪念邓小平同志的诗篇，其中尽管用了比喻等修辞手法，但仍然是言白意清，通俗明了。然而其对小平同志的怀念之情却是浓烈的。以功颂德，以绩怀念，以励相慰，以承为吊。有这种纪念，足矣！

三、情入高义

评判一首诗的优劣，其中一条很重要的标准就是看其情，是否能以情入诗、以情感人。白居易说："感人心者，莫先乎情。"陆机也说："诗缘情而绮靡。"他们说的就是"诗主情"的道理。然而这情又有万种风情。家国情怀是情，卿卿我我是情；血溅疆场是情，花前月下是情；慷慨激昂是情，温柔娇怀是情。而情入高义则是历来诗人所崇尚和倡导的情怀，也是诗人应该秉持的情怀。它是诗品诗格高标的一种体现。陈善《扪虱新语》引林倅语："诗有格有韵，故自不同。如渊明诗，是其格高；谢灵运'池塘生春草'之句，乃其韵胜也。格高似梅花，韵胜似海棠花。"所谓"格高"，就是要有高标意义指向的境界，能指引读者进入一种高尚的思想境界。在《悟牛斋诗词》中，情入高义的诗章居于首要。这也是厉翁诗词的一个明显特色。诗品乃人品，正是如此。下面看看这篇诗作《赠吴华品同志》：

华品与我同一舟，荣辱沉浮共喜忧。
城乡一体合民意，工农携手起鸿猷。
政策英明船有舵，扬帆拉纤孺子牛。

麋庸腾飞指日待，开怀醉酹大江流。

其自注云："我任湖北十堰市委书记，吴品华同志任郧阳地委书记。我们共同到郧县检查工作洽谈合作事项，此诗在汉江船上所作。"

这是一首同志间的题赠、赠别诗。共同的志向，共同的责任，共同的希冀，共同的心声。渡的是一舟，共的是荣辱，想的是民意，盼的是鸿猷，仗的是政策，甘的是拉纤……总之是忧国忧民，为国为民，心怀天下，情寄诗中。此情是何等高尚，何等大义！"开怀醉酹大江流"，不需用"欲饮琵琶马上催"来渲染，不需用"西出阳关无故人"来嘱托，一切都在诗语之中，在大义之中。

又如七律《打工仔的中秋夜》：

闭门谢月睡棚间，辗转床帘不得眠。
但愿梦中迎父母，怎能眉下话团圆。
来生但得天仙配，七七还能泪眼欢。
企盼天骄行大策，中华齐赞盛德官。

中秋是中国的传统节日，是团圆的日子，花好月圆就在此宵中。但作为外出谋生的打工仔却是月圆人不圆，诗人站在打工仔的角度，用打工仔的感受来作诗，吐露打工仔的感受和心声。一个"闭门""辗转"，一个"但愿""怎能"，一个"但得""还能"，道尽了打工仔的心酸与悲凉，祈盼与无奈。但"企盼天骄行大策，中华齐赞盛德官"，诗人在结句中把情绪一引，提升到了寄盼中去，寄盼体制行大策，官员行盛德。提升到了国计民生中来，毕竟国人之奋斗目标是一致的。从而使诗赋予了家国情怀，使诗的格调提到高义上来，苦而不怨，悲而不伤，托而有望。

厉翁不仅仅是写给同志、同事，抑或平民百姓的诗词赋予高义，就是对家人的诗词也不忘寄予大道高义。再看看这篇《祝楠楠诞生》：

> 九十年代第一春，骐骥追赶报喜音。
> 世纪文明凭开创，报国自有后来人。

诗人在喜悦之中不忘提出深情的希冀，且不只是家而更在于国，从而使诗的品格也随之高尚起来。

厉翁《悟牛斋诗词》洋洋洒洒，如同诗的海洋。这里，我只是撷取欣赏了几片浪花，且视力及才力不逮，言有不妥，还请诗人和方家正之。最后，用我为厉翁《悟牛斋诗词》付梓所题的贺诗和贺联来结束此文。

贺诗云：

> 曾经负轭拓天荒，今摘骊珠犹见煌。
> 歌动梁尘政敷德，巷闻五袴说翁长。

贺联曰：

政拓先河甘俯首；
诗开雅气既扬清。

2016 年 6 月 27 日于深圳无为斋

（邹国荣，男，号无为斋主、梅树下人、霍山梦鹤。中华诗词学会会员，深圳市诗词学会副会长兼《深圳诗词》主编。）

试论厉有为《悟牛斋诗词》的当代价值

◎蔡世平

　　100年前的1917年，胡适在《文学改良刍议》一文中提出"文当废骈，诗当废律"，这是五四新文学运动的集体主张，当然也是那个时代的国家行动。打这以后，西方文学艺术样式长驱直入古老的中国文坛，以文言文写作为主要特征的中华传统文学，受到巨大的时代冲击与挤压。但是有一个事实不容忽视，那就是中华旧体诗词虽然风光不再，却成为一股潜流，始终不绝如缕，回响并浸润人们的心田。历史进入20世纪80年代，随着国家改革开放、经济发展，中华诗词 "春风吹又生"，这股潜流也由暗到明，如春潮涌动，形成浩荡之势，涌现出无法估量的诗词作者和同样无法估量的诗词作品，并且呈现出前所未有的发展势头。旧体诗词的复苏与复兴已成为谁也改变不了的客观存在，纸媒、网络诗词，文人、学者诗词，官员、草根诗词，国内、域外诗词，形成了场面壮观的中华诗词时代交响曲。

　　厉有为先生无疑是世纪交替时期出现的一位值得关注的中华旧体诗人。因为领导干部的身份与所从事工作的重要性，他的诗名往往被忽略。作为20世纪30年代出生，从一名基层走出来的职位不低的领导干部，他参与了共和国非常时期的经济建设、国防建设和城市建设，经历了许多重要的、备受社会瞩目的事情。由于丰富的人生阅历和社会思考，还由于没有以文学为主业，只是紧张工作后的"余事"，他的诗词写作没有包袱和压力，是真正的率性而为之，这反而获得了诗词创作的自适与自由。他的诗词有一种难得的清新面目，新近出版的《悟牛斋诗词》，不仅有其独特的题材，更有其独特的视角、独特的思考和独特的艺术表现手法。仅就题材而言，也是一般诗词作者难以具备的。而作者又具一颗诗心，一颗慈悲之心，对诗词（尤其是词）有很好的艺术感觉和语言感觉。如果拿他的旧体诗与旧体词做一个比较，从题材、语言、结构、表现手法等艺术要素上去考量，我认为他的词好于他的诗。因为我能从他的词里读出一种不一样的，甚至是很惊喜的味道来。所以，我更愿意称厉先生为"词人"。我的这篇文章主要也是从他的词作上去分析。

对于今天的诗词创作与研究，我们需要抱一个客观公允的态度。不能因为一见是领导干部的诗词就先有了排斥心理，是什么"老干体""口号诗"。应当消除阅读成见，从时代文化的大背景下，从诗词本身的艺术状态上，发现今天诗词创作中的一些根本性问题。毫无疑问，《悟牛斋诗词》凸显了诗词的当代价值，对其进行分析、研究，有助于当下的诗词创作。

价值之一：沧桑的时代记录

从人类文明的大视角说，重要的也许不是"我们"曾经生活过，而是"我们"留下了怎样的身体记忆与时代记忆，对历史产生了怎样的影响。时间与生命转瞬即逝，它的残酷性使曾经活泼热闹的"人"转瞬之间化入苍茫，归于空寂与虚无。为了使人们好好地活着，上帝总会安排现实社会中的一些人，刻下他们生活中的某些印痕，为文明史留下可供借鉴的思考。从这个意义上讲，作为文学的诗词写作，实在是一件庄严而又神圣的事情，诗人的每一笔其实都是沉的、重的，而不应当是花的、跳的。《悟牛斋诗词》留下了怎样的时代记录呢？我们从下列六个方面的词章中作一些分析。

1.童年少年时的生存境遇

《陌上花•日出牧归》：

> 鸿雁远去云端，群鸟晚归深树。凛冽寒风，尘土起旋飞舞。孤舟一叶河边系，不晓船工何处？牧童愁，泳力难于泅渡，水深拦路。
> 架窝棚，夜伴黄牛住，战战衣单淋露。噩梦惊魂，哭叫有谁来助？浑身汗冷牙根抖，悔把归时耽误。五更天，对岸鸡鸣烟渺，待归滩渚。

这首词状写了词人少年时代的牧牛经历。词人家住辽河西岸，作为家庭劳动的帮手，小小年纪就要去河东岸割草、牧牛。一次晚归误了过河的渡船，无奈只得与牛为伴，在河滩过夜。今天，这种只有在小说影视片中见到的场景，却是农耕时代的生活常态，词人为读者留下了珍贵的永不消逝的乡村画面。艰辛，但也美丽。我们还在《卜算子•当年母与子》中体察到了"凛冽北风寒，冰雪连成片。母子搀扶拾树枝，土炕柴烧暖……"的生活困境。这些作品都为我们今天丰富的物质生活提供了时代参照与思考。

2. "三年困难时期"的社会状况

《上阳春•慈父精神》：

愁云阴暗，北国冰封漫。山雀觅食艰，奋低飞、茫茫一片。雪中农舍，已断绝炊烟。吃苦难，遭祸患，灾害三年罕。

牛骡相伴，饲养公财产。饲料保牲畜，忍饥寒、颗粮不犯。感天惊地，为大众心甘。私利断，公利显，慈父精神赞。

《锁寒窗•但把春天盼》：

困苦三年，生灵百叹，命殉千万。寒窗岁月，美好时光应现。但严冬，冰封地天，雪披万里山河变。路上人稀少，炊烟渐断，饿殍随见。

寒假回家返，父母心酸，看儿状惨。全身水

肿，怎此精神疲倦？叫声娘，流泪惭然，似柴骨
瘦蓬污面。米无颗、野芽冰埋，但把春天盼。

《上阳春•慈父精神》"作者小注"叙述了词作产生的
由来：1960年至1962年，父亲为人民公社饲养员。当时人
们缺衣少食，父亲宁可忍饥挨饿，也不吃一口喂养牲畜的
黄豆、黑豆、玉米面等饲料，群众很信赖他。《锁寒窗•但
把春天盼》基本事实是：1960年到1962年的"三年困难
时期"，词人正上大学。一年寒假回家，学校发了十多斤
粮票，路经沈阳姨娘家，见孩子饿得慌，送了几斤粮票。
然后坐舅舅的马车回新民老家。自己全身浮肿，见父母饿
着肚子在冰冷的室内挨着。几斤粮票没能撑几天，只盼望
春天快快到来，从地里刨点食物。"大跃进"、人民公社
三年困难时期的农村生活惨状跃然纸上。试想想，如果今
天少了"这样的词"，时间长了，历史就会少了"这样的
事"。这样存史的词还不重要、不珍贵吗？在这里，"粮
票"这一当时极为普通的小纸片，也将成为一个特有的文
学符号而载入诗词史。

3.特殊年代里的"二汽"生活

《秋波媚•奔"三线"》：

迢迢千里赴鄂西，风紧战云低。一声令下，
千帆竞比，马不停蹄。

运筹"二汽"奔"三线"，为国别荆妻。缺

柴少米，山为驻地，矢志难移。

《菩萨蛮•筹建"二汽"》：

> 当年山路鞋磨破，建筹"二汽"一团火。选
> 址踏山沟，沟沟足印留。
> 武当山野住，无处寻民屋。铁马走神州，
> "东风"千载牛。

"三线"建设是特殊年代里国家做出的重大战略决策。当时数以百万计的建设大军从大城市、从四面八方奔赴西南深山野岭，进行国家工业建设和国防建设，谓之"三线"建设。今天四川的攀枝花和湖北的十堰，就是由"三线"建设发展而成的今天现代中型城市。1967年，国家委以词人重任，由长春"一汽"调入"三线"建设，奔赴鄂西北郧阳地区，筹建"二汽"，生产"东风"牌汽车。别看这两首小词似乎顺口溜一般，无甚高明处，却很好地把那个年代的工作状态和生活状态表现出来了，把那个场景、那个氛围表现出来了。那个时候的人们就是这么简单生活、简单思考的，国家叫干啥就干啥。中国的发展就是这么走过来的。在这里我不想做过多的政治诠释，但我以为非如此不能表达那时候的"时代性格"与"人物性格"。所谓典型性，这就是文学作品的"典型性"，只能是"这一个"，没有其他。其实，文学作品不是一味的文、一味的雅就好，关键要看你表现了怎样的人物和事件，有怎样的现场效果。如果让林黛玉去说李

逵的话，或者让李逵去说林黛玉的话，作者再用力也是不会有好结果的。

4.国家改革开放拓荒城市的深圳建设

《鹧鸪天•拓荒牛》：

> 一纸匆匆调粤疆，兼程风雨拓新荒。蓝图欲改千秋史，方略更张百代乡。
>
> 担木轭，斗蝇忙，身心汗泪夏成霜。新城一夜非神话，散去阴霾万丈光。

《杏花风•找水》：

> 市民夜半难安睡，等待深更接水。大桶小盆分配，街口排长队。
>
> 可怜市长心儿碎，四处找寻源水。上项目超常规，水到心田美。

1984年词人任十堰市市长，而且是十堰、"二汽"分开后的第一任市长。后又任十堰市委书记。这为他后来成为深圳市的市委书记兼市长打下了行政基础，创造了实践条件。因为深圳具有国家改革开放"排头兵""拓荒者"的里程碑意义，其重要性不言自明。《悟牛斋诗词》着墨最多的当然是深圳特区建设。其建设和工作的艰巨性与复杂性非局外人能够体会，他因此写下了数量可观的词作与感悟。由于文章篇幅所限，不能一一拿出来与读者分享，只选择上述两首略加分析。《鹧鸪天·拓荒牛》写了"身心汗泪夏成霜""新城一夜非神话"的艰辛。今天许多写深圳建设的文章无一不说是"神话"，词人的"非神话"饱含了多少"汗水"和"泪水"！"夏"也成"霜"，这是怎样深沉的"深圳体验"啊。《杏花风·找水》小注云：深圳是全国七大缺水城市之一。建市之初，50多个工业园区断水，居民楼二层以上停水，市民夜半起来排长队接水。作者从东莞引水不着，就去惠州引水，建引水工程109公里，历时8年才完成。工程之巨之艰，市民之切之喜，从这首小词中可以想象出来。我们感受到作为今天一线城市北、上、广、深的殊荣，也感受到深圳这个年轻城市的特殊魅力和她身后的许多故事，更感受到深圳的"深"。

5.经济转型时期的社会形态

《更漏子·打工者思乡》：

> 夜更长，秋雨冷，团聚恰如梦境。母病倒，父劳疾，思乡在广西。
>
> 窗外月，清光泻，挨到何时春节？忙订票，挤长车，到家话语奢。

"夜更长，秋雨冷，团聚恰如梦境"的底层呻吟给读者强烈的社会感官刺激，从中可以看到经济转型时期的种种社会世相。领导干部的这种诗词视角是少见的，也是难能可贵的，不值得我们今天的诗人深思吗？

6.国际社会某些重大问题的思考

《长相思·民心》：

> 大同江，鸭绿江，西往东来千古芳。传承阿里郎。
>
> 古代王，现代王，治国方针凭武装？民心怎久长？

此作是词人访问友好邻邦朝鲜，面对朝鲜"先军政治""发展核武"做出的善意规劝，具有宽广的国际视野与人类终极关怀。

价值之二：深沉的生命歌吟

文学是人学，是生命的高歌壮曲，也是生命的浅唱低吟。作品艺术触须进入作者与读者灵魂的"深与浅"，往往决定作品文学价值的"大与小"，甚至"有与无"。《悟牛斋诗词》以它真切的生命体验、坦诚率性的心灵表达和社会思考直击读者心灵。其生命感悟是丰富、深沉的，有时甚至是悲壮、苍凉的，让人读之不禁唏嘘不已。我们还是通过具体词作来说话。

《高阳台·生日有感》：

枯柳千条，寒云万里，穷乡僻壤天低。贫苦生计，衣单怎忍寒饥？牧牛旷野西风起，颤抖中、日影西移。向天祈，母盼儿归，父恐郎迷。

忽闻远处鞭儿响，气嘘心落地，迎出东篱。慈母掀锅，蛋蒸两只亲施。腾腾热气庆生日，扑向前、相抱依依不分离，父爱山高，母爱天齐。

生日，是一个人最能触发人生感慨的时候。词人的生命从哪里来？当然是从父母的血液里来，是从辽西河岸那个放牧牛羊的土地里来。那里是他出生与出发的地方，也是他的情思生根落脚的地方。因此对生命源头的回视，既是一种精神慰藉，也是一种前行的驱动力与感召力。那种"枯柳千条，寒云万里"的生存境况，更衬出"母盼儿归，父恐郎迷"的谨慎、温暖与踏实，因为父母和故乡总是给他输送源源不断的力量泉流。

《烛影摇红·孤雁寻群》：

孤雁单飞，草原莽莽何方去？凄凉悲唤有谁怜？身抖风和雨。大地无情恐怖，暗深邃、当防猎狙。魄惊魂落，怎忍饥肠，荒汀野渚。

展翅天光，觅群阅遍天涯路。漫途如铁志弥坚，纵受千般苦。难阻穿云几度。忽惊听、声声叫唤。往时同伴，互致平安，歌欢翔舞。

大雁群飞群落，很少有单独生活的。如果落单了，一定很孤独、痛苦，会是雁声嘹唳，不忍听闻。孤雁面对莽莽荒原，落魄野渚，风雨相袭，猎影时随，其凄凉状态真是难以言状。词人记雁，当然是写人。特殊情境下的人生慨叹尤为深刻。我们还可从《调笑令•归去》《踏莎行•无题》《醉太平•魂游》等诸多篇章中深深感受到词人的心灵颤动。

改革开放前，深圳还是一个小渔村。那时的渔村是什么样的呢？词人在《满庭芳•渔村大变样》上片中作了这样的描述："两岸隔河，不同世界，越河逃难堪悲。人心流泪，难阻去无回。社会民生惨状，饥满眼，当政云吹。昏昏醉，黎民无奈，已意冷心灰……"词人着墨之重，如实反映生民疼痛之重；"人心流泪"，实是词人的墨管在流泪。

有感于"三年困难时期"，词人写下了《满江红•读毛泽东〈满江红•和郭沫若同志〉》的重要词章："西子湖边，汪庄内、柳风宫阙。花颤动，塔铃清脆，碧波难歇。泼墨钱塘江上浪，放歌天目山中雪。《满江红》气势显雄锵，声声烈。　大跃进，缰绳脱。灾害重，寒风冽。看潮流汹涌，浪沙冲决。说教训千真万确，论经验事实如铁。多少事，要日后端详，才真切。"词人是怀了天下苍生之感来写的，如能结合词之本事去读，就能读出其内心的疼痛与大地的苍凉。

牛，是词人反复吟咏的一个题材。词人少年在家乡牧牛，人生鼎盛时期，又在以"拓荒牛"为城市精神标识的深圳市担任主要领导。词人一生与"牛"相伴，"牛"成为词人的一个精神符号，一个艺术意象。词人顺境时写牛，逆境时写牛；欢快时写牛，痛苦时写牛，真正实践着鲁迅先生的"俯首甘为孺子牛"精神。

《画堂春·当年牧童》：

> 炊烟袅袅小村庄，天低云海茫茫。心随雁阵去他乡，梦觅学堂。
>
> 已过读书年岁，学堂影在何方？衣单身冷目彷徨，身倚牛旁。

词写的虽然是"衣单身冷目彷徨""梦觅学堂"的少年旧事，但是这个牧童有"牛伴身旁"心就踏实了。词人的信念是，不管昨天还是今天，只要常常感觉"牛伴身旁"，都会是一种温暖与力量。

《满江红·小儿晚牧归》：

> 莽莽平原，归牧晚，朔风凛冽。荒路上，小牛欢蹦，老牛慢蹑。雁阵高歌人字写，雀群低掠山丘越。辽河水，奔激泛银花，声声咽。
>
> 斜阳坠，残似血。忙赶路，心如铁。策鞭声壮胆，放喉吹叶。枝上杜鹃惊振翅，道边野兔忙逃脱。莫胆怯，冷汗沁心窝，孤身子。

词人借牛叙事，也借牛述志。写过去其实是写今天。"残阳似血"实是"心中如铁"，表达的是人生的信念，意志的坚定。词的寄托是非常明显的。

《烛影摇红•别情》：

　　人影无踪，水隔浪涌帆樯动，佳期无限路迢迢，心猛然沉重。盼转回头似幻，唤声声、情真意送。泪流如注，待到何时，相拥与共。
　　烛影摇红，笔横纸上心潮涌。猜他与我遥相望，千里相思种。红泪应当作证，烛燃残、余辉入梦。夜风凉浸，慢步街庭，别情谁懂？

　　作为一个公众人物，这么大胆地公开自己的爱情实属难得，非真性情中人不能为之。有情人"千里相思种"，"别情谁懂"？面对河山阻隔，词人真是柔肠百结，不能自已。生命的深沉歌吟不能让爱情缺席，是真英雄唯本色，词人为这个世界留下了永恒的"别情"。

价值之三：清新的自家面目

　　我是把《悟牛斋诗词》放到文学作品，放到文学史价值这么一个诗词高度来考量的。一般意义的所谓好诗好词还是比较容易写出来的，比如合规的平仄格律，比如语言的文通字顺，比如结构的基本组织，比如技巧的一般运用等。我觉得这些都不难做到，只要具备基本的知识条件，掌握基本的诗词格律，又有较高的诗词热情，就可以做出一首又一首好的甚至很好的诗词来。这些必备条件，似乎就是今天诗词创作的集体意识，也培养了不少"诗人""著名诗人"。如果拿上述条件衡量《悟牛斋诗词》，可以肯定的是，其中不少词作或多或少存在问题，比如有的作品出律出韵，比如有的作品违背诗词常规，比如有的作品简直就是完全的白话文、记叙文……不要说好词，恐怕就连是不是旧体词都要打上一个大大的问号。但这些不会影响我的当代诗词审美判断，更不会影响我对《悟牛斋诗词》的看重。因为这些小问题、小不足，纯属技术层面的东西，一点破，用点心，置换几个词句，问题很快就解决了。

但是那些大东西、根本性的东西、支撑作品骨架的东西，却不是那么容易做到的。《悟牛斋诗词》呈现的诗词格局是不能视而不见的，难得的艺术个性是不能视而不见的。厉先生是有一颗大诗心的，他知道好"词"真"词"是个什么样子。而这些却不是什么人都能够明白的，有人可能写一辈子诗也不会明白的。我以为今天的诗词创作恰恰不是技巧不行，而是技巧太行。人们把过多的目光盯在诗词创作的所谓"技巧"上，心思都花费在一些并不怎么重要的地方，于小词小句、小情小调用力甚勤，胸怀眼界窄了，规模格局小了。那么《悟牛斋诗词》的艺术价值又表现在哪些方面，给我们以怎样的启示呢？下面我们试从三个方面加以探讨。

1.特色鲜明的白话语言

《悟牛斋诗词》是完全的白话语言创作。在我有限的阅读视野内，如此彻头彻尾的白话词创作，老实说还是第一次读到。我们在上面已经读到不少例词，再举《诉衷情•打工妹》为例："人生渴望美年华，谁料早离家。弃乡背井寻路，越湍涧，走天涯。　思故土，想爹妈，闪泪花。路存何处？汗水心田，滚打摸爬。"从这些词作里，我们分明看到作者对白话语言的娴熟运用。白话入词是今天诗词创作的一个语言方向，因为五四以后的百年时间里，白话文生态已经形成，社会还是喜欢一说就明白的话，一看就明白的文。但是，今天白话入词仍有些时代障碍，好像旧体诗词创作就一定得"文"一点、"雅"一点、蕴藉一点。其实读者读词的兴趣是多样的，有的喜欢蕴藉、含蓄，也有的喜欢明白如话、一读就懂，两种风格都喜欢的也大有人在。正如文言写作不一定都典雅一样，白话写作也不一定就都"粗俗"，关键要看作品是如何表现的，是什么样的成色。我的看法是文言词也好，白话词也好，只要是真"词"就都好，怕就怕不是"词"。值得肯定的是《悟牛斋诗词》是真正意义上的词。仍以《诉衷情•打工妹》为例，前三句"人生渴望美年华，谁料早离家。弃乡背井寻路"是叙事，到"越湍涧，走天涯"是说意，是说打工妹离家讨生活的艰辛。"湍涧"是什么？是不可预测而又不得不面对的生存环境。"湍涧"还含有随时都有险境发生的心里悬念，让有良知的读者对打工妹"路存何处"提心吊胆，牵肠挂肚。

《悟牛斋诗词》的语言就是这样，没有任何的做作和雕饰，就那么把平时的说话语言搬了上来，把说话方式也搬了上来，顺理成章地组成词句、组织词章，不也达到了很好的艺术效果么？古时候有以诗为词的，也有以文为词的，只不过《悟牛斋诗词》在"以文为词"的路上走得远了些。今天的诗词界对此可能有点不太适应，这么随意明白的白话写作还是"词"么？我说这当然是"词"。谁规定词就只能这样填而不能那样填？起码《悟牛斋诗词》给我们提供了一种写作策略，也提供了一种写作样式，这比千篇一律的模式化写作有价值得多。如何适应当代语境下的诗词创作，是今天需要研究的课题，诗词界也都在积极实践。作为不是以文学创作为出发点和落脚点的《悟牛斋诗词》，可能不是自觉地有意识地做词创作探索，而是率性为之。但正是这种"率性为之"呈现出文学创作的重要特征，对今天的诗词创作是有启示的。

2.叙述的故事性和可读性

文学作品是写给社会看的，厉先生知道除了自己喜欢外，还要读者喜欢。厉先生是一个智慧、风趣的人，他知道如何取悦读者、吸引读者。他的词创作除了有自己的思想见解外，在表现手法上也是有自己想法的。《悟牛斋诗词》是轻松好读的，这种"轻松好读"不完全是白话语言的原因，还有一个重要因素是词人非常注重叙事的故事性。我怎么都觉得《悟牛斋诗词》的一些词作，有点像今天的通俗小说，或者可以称之为旧体诗词领域里的"通俗词"。但通俗不等于浅俗，形式上的通俗，同样可以反映很深刻的东西。我们来欣赏下面这首《祝英台令·代沟》：

换裙装，施玉坠，抹粉更陶醉。明镜堂前，
头上戴鸾佩。妈妈不解旁观：为何如此？不该是有人约会？

　　眼含泪，暗暗独自生悲，娘思几多岁？三十春秋，日月似流水。终身大事何归？春心残碎。莫见笑，已难婚配。

　　词表现的是今天社会上普遍存在的城市"剩女"现象。其既有对"剩女"的同情，也有对社会的批判。但是词人没有板着面孔讲大道理，也没有用尖酸刻薄的语言去嘲讽。本来嘛，这个嫁不出去的"剩女"就已经承受着巨大的社会心理压力，内心一定是很痛苦难受的，再也不能去伤口撒盐啊。词人就巧妙地设计了一个母女俩的对话场景，实际是虚构出一个生动的世俗故事，让读者在轻松愉快的阅读享受中看到今天城市婚姻状况的一面，同时完成对现代社会婚姻状况的思考。"春心残碎"的，难道只是这一个"剩女"么？社会的"春心"是不是也有些"残碎"，也需要人们去好好养护呢？词人把一个现实大问题放到读者面前。读它想笑却笑不出来，是一种酸的感觉。看似轻松的词作，其实是沉甸甸的。再来欣赏一首：

《烛影摇红•打工者的窘境》：

　　月上天穹，海边浪涌清清冷。凉风摇树响沙沙，灯照双人影。漫步轻盈曲径，并肩行、相心许永。论婚谈嫁，海誓山盟，涛声作证。

　　回到工棚，熄灯暗暗无人醒。悄悄爬铺有微声，当是更深静。虽盼光明美景，但思忖、佳期怎定？寄居何处？答案无踪，听天由命。

　　这又是词人虚构的一个美丽且忧伤的青春故事。轻风摇树影，明月挂中天。一对热恋中的打工者细语绵绵，漫步海边。他们"海誓山盟"，盘算着结婚的日期，正美着啦！可是更深人静，二人各自回到集体住宿的工棚，猛然又回到了现实中。"寄居何处"？天大的问题山一样横在面前。要结婚房子在哪里啊！房价高得吓死人，哪里是我们买得起的啊！只得"听天由命"，等着老天爷来关照可怜的人儿了。改革开放的时代，沿海发达地区，这种现象是很普遍的。但是词人没有做泛泛议论，天上一句地上一句，说一些不痛不痒的"正确话"，而是设计一个现场，有时间、有地点、有人物，通过典型性的细节描绘，生动形象地呈现了打工者普遍的生存状态，极具视觉冲击力。这就是按照文学的要求来创作当代旧体词，写出来的当然就是令人耳目一新、回味犹甘的文学作品。这种创作方法，在古今中外的文学作品里都能随便找到其身影。

　　中华旧体诗词都能够叙事，只不过词的叙事性比诗更明显也更直接一些。不少经典的词作本身就是一个感人的故事，如韦庄的《女冠子》联章词二首"四月十七"和"昨夜夜半"，张先的《菩萨蛮·牡丹含露真珠颗》，等等。既然是叙事，那么通过虚拟一个故事来完成词人的思想表达，就是一个重要的创作方法。我们还看到不少的词都会写到梦，其实写梦也就是在虚构故事，虚构场景，不好说的话、想说的话都可以通过梦表现出来。（看来，梦实是上帝安排给人的一件神器，可以让凡俗的人"神"起来。）《悟牛斋诗词》是深谙此道的，如《醉太平·神游》，通过"神思入滇"看"长白脉衡""天池雾生"，如《烛影摇红·孤雁寻群》，通过"孤雁单飞"看"荒汀野渚""铁志弥坚"。

3.题材选择上的底层关注和人文关怀

我们从上述诸多例词中，已经了解到词人题材面的宽。但是我同时也注意到词人题材选择上的底层关注和人文关怀。这是词人创作的精神指向，是构成作品最为贵重的东西。词人的创作视点并没有集中地放到他所从事的最直接的"家国大事"，虽然他也填了不少与工作有关的词，但多为应酬唱和之作，是基本算不得"作品"的。作为文学的当代旧体词创作，词人用力最大的还是社会民生词。这些词贯穿他的整个词创作，并以此为主干，为精神向度。词人念兹在兹的是天下苍生，是国家福祉，是人民安康。这些才是他时刻牵挂的"心中大事"。童年少年生活和三年困难时期，是《悟牛斋诗词》的奠基石。因饥饿"全身浮肿"这样刻骨铭心的生命体验，同样能使读者"刻骨铭心"。打工题材是《悟牛斋诗词》的一个亮点，词人一而再、再而三地状写打工者的现实生存状况。因为对深圳特区建设乃至国家经济建设，做出巨大贡献与牺牲的这一特殊时代的特殊群体，词人有太多的实际接触与深入了解，是感同身受的，总有一种难以释怀的内心亏欠。普遍的打工者绝对奉献的"多"与绝对获得的"少"，无时不使词人情动于心、疼痛于心。那么通过自己的作品反映出来，心里会好受一些。这样有情有血的词作，谁读后不会被深深感动呢？

结语

综上所述，《悟牛斋诗词》作为文学的当代旧体词创作，是有其重要价值的。表现为：一是中华诗词忧国忧民传统的直接继承；二是当代语境下旧体词创作的有益探索；三是为"干部体"写作争得了荣誉。

当然，如果按严格意义上的文学作品来衡量，其文本方面存在的问题与不足也是显而易见的，字、词、句、结构等方面都还需要细细打磨。经加打磨锤炼，主要解决文本和词意方面存在的一些问题与不足，我相信出版后是会获得很好的社会效果的。

2016 年 9 月 30 日于北京

（蔡世平，中国国学研究与国际交流中心特聘研究员，《心潮诗词评论》主编。国务院参事室、中央文史研究馆中华诗词研究院原副院长，一级作家，词人。）

立身、立信、立德、立言

◎林　峰

"思无邪"。立德齐于天，立言动于地，立身正于礼，立信感于人者，思必无邪矣。"诗言志"，思之无邪，行其大道，文必达义，句则动情者，言志必成经典矣。夫天地者，万代之宗也；人情者，万事之源也。天地无邪，人情有悖。无邪则正气生；有悖则人心异。诗人之为诗，立天地而气浩然，修德言而行端正。若此，诗已成矣，言已立矣，身已修矣，信已诚矣，社会已和谐矣，天下已归心矣。诗言志，虽久不废，千秋不朽矣。读《悟牛斋诗词》后，余思之良久。此谓之官诗乎？非也！诗虽无一不关邦国，句则无一不在民情。方今官诗，言出必官话，律出必官腔。公式之词，概念之句，语长情寡，累牍连篇。厉有为先生官清一世，儒表一身，作诗千首，立言得要。立身则为民表率，立信则为官楷模。立德、立言、立身、立信，乃《悟牛斋诗词》之大旨也。而身、信、德、言之立，又重乎信之立。若信之不立，德、言、身已无地可立矣。故信者，人之大品也。司马光云："国保于民，民保于信。非信无以使民，非民无以守国。"是故，信若春雷、夏雨、秋月、冬霜之来去有时。《悟牛斋诗词》之所以感人，在于无句不立于信矣！

诗言志，首先要胸怀大志。然后，动之以情，明之以礼。纵观《悟牛斋诗词》，已知厉有为先生乃志大有为者也。

作诗，要有诗学，然后要有诗才、诗识。有为先生，诗学深奇，诗才高妙，诗识过人。既有锐敏之洞察力，又有横厉之判断力。究天人之化，通古今之变。然后句得于古人之训，情出乎百姓之心。使"悟牛斋"诗境传神，快然自足，意象万千。有时，虽一腔愤郁，却万种低徊，以温柔敦厚吟之；有时，虽气横一世，却眉塞难扬，以泰然沉着咏之。这不是"文质彬彬，然后君子"，宦海搏浪之诗乎？

《悟牛斋诗词》少吟风月，情在江山，没有绮罗香泽之花前月下，尽是时代风云之搏击时艰，表现了大气横越而又浑深古朴，泼墨淋漓而又情理细致之诗学修养，此乃《悟牛斋诗词》之大观也。亦是吾人对《悟牛斋诗词》之总体印象。

行文至此，吾欲与诸君进入"悟牛斋"之文化大观园，一览"悟牛斋"秋水春云、湖光山色折射出来之时代风采。

翻开卷首，周笃文先生序就有如此言："这种优良传统（指诗传统）在厉公身上得到完美的继承。他从宦三十余年，一直以诗为伴，创作了上千首诗词，字字句句饱含着对人民的关爱，对公理的追求，对事业的开拓。可谓一步一座金矿，一步一串雷声！这些作品，无不闪烁着仁民爱物的人格光辉与精诚吐哺的公仆情怀。"这一席话概括了诸多读者之同感。且看《从政》之"读书知理当为国，从政甘为孺子牛"里从政者之许国情操；《胡耀邦总书记为百姓解难》之"达天信件批复日，一举消除万户忧"，这不是为民请命、为百姓解忧之宦者之风乎？《拓荒牛》之"南疆行使命，改革浴春风。孺子千秋业，群雄万古情"，诗人之拓荒牛形象，已昭然在目；《"农民工"》之"虽把高楼建，蜗居冷透心"，冷透心者，何尝不也是与农民工休戚与共之厉先生？《中秋节感怀》之"北战南征求满月，酸甜苦辣喜当牛"，天上月圆，人间月缺，自古难全。诗人看到今宵月圆，就是为民众酸甜苦辣当牛一生，亦是喜在其中；《华国锋来到南岭村》之"一声令下'帮'倾灭，万众欢呼党复春"，1995年华国锋到深圳南岭村视察，厉公以诗赠之。谨此十四字，已对伟人尽高山仰止之敬；《赠胡启立同志》之"风吹人立稳，雨打物华新。守节如天魄，坚贞似地魂。德高千仰目，品重万倾心。官场沉浮事，天中乱渡云"，此诗出自高级领导之笔，何等难能可贵；《游鸭绿江》之"江流阅尽当朝事，黎庶浮舟又覆舟"，此乃常语而又非常语。纵观数千年兴替史，"黎庶浮舟又覆舟"，谁不长怀于心？况"江流阅尽当朝事"，厉有为先生深有《尚书》"民为邦本，本固邦宁"之大识矣！《德》之"人生最美在德行，公利为民万众声。克己遵从公正理，千秋功过后人评。"在官场众多不德事件中，而大吟立德者，世之所稀矣！《住北戴河观海楼》之"山川留胜迹，历史写凄凉"，诗人面对北戴河之山川胜迹，而想到北戴河之历史凄凉。北戴河既有伯夷叔齐之遗迹，更有秦始皇的碣石行宫，还有魏武帝之"东临碣石，以观沧海"之千秋绝唱，更有毛泽东的"萧瑟秋风今又是，换了人间"之无产者豪情。这些"是非成败转头空"之千古英雄哪里去了？还不是只留下了断碑残碣的历史凄凉。凄凉背后也许还寄托着诗人对某些人事之万千感慨；《"中国（上海）自由贸易试验区"挂牌有感》之"潮流浩荡谁能挡，历史波澜颂国瓯"，诗人回顾主政深圳期间"二十年前论自由"而受到"相加棍棒辱和羞"之斯情斯景。如今，自贸区终在上海挂牌，眼看潮流浩荡，历史波澜滚滚向前，心酸之后当有何等喜悦；《思念家乡》之"半生漂泊半生忙，一路奔波一路徨。大海漩涡风浪里，小溪清澈是家乡"，诗人从北国边陲来到南国海滨深圳，肩负着变革深圳崇高而伟大的任务。而诗人却一路奔波一路徨，"徨"之者何？深怕变革受阻，深怕变革失败，深怕辜负党国之托，能不"徨"吗？如今终于走出了"大海漩涡风浪里"，鸟倦飞而知还，终于可以思念家乡清澈之小溪矣。这就是诗人本质，诗人情操，诗人雅怀。《谷雨》之"屋矮能容月，天高可纳星。路长终有尽，尺短亦无穷。三月清明雨，今时谷雨风。高歌花满地，举酒醉千城。"前四句，似与"谷雨"无关，其实，句句紧扣主题，都从不同角度吟出自然哲理。"清明雨，谷雨风"不也是自然哲理乎？从这个角度看，可知诗人对事物的发展规律深信不疑。好了，点睛之笔来了，"高歌花满地，举酒醉千城"。诗人在醉千城呢，还是千城在醉？显然是后者。千城为何醉呢？难道是因为"花满地"

乎？自古以来，诗人笔下都是因花满地而伤情，都是"常恨朝来寒雨晚来风"。而这里，作者却因看到了花满地而醉千城。究竟厉公要向读者传达什么信息呢？我无从猜测，也不能猜测。但有一条无需猜测的是：厉公曾上书胡耀邦为民请命；曾因过鸭绿江而鸣"黎庶浮舟又覆舟"；曾为十八大呼吁"为国当攀万仞山"；曾为北戴河而吟"历史写凄凉"……从这一串串清晰可见的金句中，可知厉公绝不是一位我们常见的官。因此，这首《谷雨》诗，就需要一个更深层次的解释。这就是诗，这就是诗言志，这就是诗的弦外之音，这就是诗的无穷魅力。《再到庐山》之"岁月风云此地声，光阴荏苒却无情……做人定要良知善，为政当应顾众生。"到庐山，人之不同，感触各异。诗人却从无数岁月风云之中想到光阴无情，想到庐山风云变幻，想到"为政当应顾众生"的千古一理。《秋心曲》之"秋风秋雨送秋归，十万雄兵唤不回……待到冰消融雪日，红心点点赞新梅。"这首诗，寄托着诗人之乐观心境。虽然，去的终须要去，纵有十万雄兵也唤不回来。但是，秋冬一去，新春又来，红梅点点又烂漫于冰消雪融之中。这是天地万物之必然规律，也是诗人深信之社会规律。

读了诗稿，再读词稿。

《满江红•读毛泽东〈满江红•和郭沫若同志〉感怀》：

西子湖边，汪庄内、柳风宫阙。花颤动，塔铃清脆，碧波难歇。泼墨钱塘江上浪，放歌天目山中雪。"满江红"气势显雄镝，声声烈。

— 311 —

大跃进，缰绳脱。灾害重，寒风冽。看潮流汹涌，浪沙冲决。说教训千真万确，论经验，事实如铁。多少事，要日后端详，才真切。

厉公这阕《满江红》是读毛泽东《满江红》后所作。毛泽东1963年填的《满江红》里的"多少事，从来急。天地转，光阴迫。一万年太久，只争朝夕"，也许就是厉公填这阕词的主要原因。毛泽东因为"只争朝夕"，发动了得不偿失的"大跃进"，而厉公这阕词，上片写毛泽东《满江红》之气势雄镇，情壮声烈。下片每一笔都是对"大跃进"做负面评价之后，悄然以"多少事，要日后端详，才真切"使词情逆转。这是共产党人对事物持有的客观评价。

这阕词无论内容、辞藻、声律都堪称上品，尤其是上片词情更重、词味更浓。我相信，"塔铃清脆，碧波难歇。泼墨钱塘江上浪，放歌天目山中雪。"将成为词坛经典。

再看《一剪梅•渡舟》：

电闪雷鸣一叶舟，舟也悠悠，人也悠悠。迎风破浪逆潮流。友劝回头，吾不回头。

放眼前方是绿洲。红满山丘，绿满田畴。飘香花果待今秋。拓垦群牛，欢庆丰收。

这阕词充分表达了词人追求理想，敢逆潮流，义无反顾的大事业家精神。尽管是雷鸣电闪，依然是"舟也悠悠，人也悠悠"地向前方的绿洲桨去。这正是词人数十年追求事业、为民立德之为官写照。

仅此两阕已可悉厉公之词风矣！

填词非同吟诗，吟诗应僧庐听雨、高榻清风；填词应烟柳灞桥、晓风残月。诗要端庄典雅、卓识清奇；填词宜细雨飘红、春风剪柳。而厉公诗，既有"秋风秋雨送秋归，十万雄兵唤不回"之雷霆之句，又有"路长终有尽，尺短亦无穷"之哲理之明；既有"泼墨钱塘江上浪，放歌天目山中雪"之潇洒悠闲，又有"舟也悠悠，人也悠悠""红满山丘，绿满田畴"之清风可掬。读厉公诗词在快然自得之中，亦可受到厉公立身、立信、立德、立言之感悟，厉公诗词足式千秋矣！

最后以短诗一绝，聊表丹心一寸：

骊珠雨露白云秋，我读芸编百尺楼。
大句纵横华表月，竹林漱石水清流。

丙申仲夏于香港白云斋

（林峰，男，原籍广东省梅州市，寓居香港。香港诗词学会创会会长，香港中华文化总会副理事长，《香港诗词》主编。）

重建当代诗词创造论文学价值观

——《悟牛斋诗词》的实践存在论价值

◎宋湘绮

诗词行吟传统中"行"和"吟"不可分，前者是物质实践，后者是关乎意义、价值、梦想的精神生产。二者共同生成人的"存在"。从实践存在论的角度看，读诗、写诗都是一种沉默的精神生产，是一种修身养性、塑造自我、创造人生、实现理想的精神实践，即虚践。《悟牛斋诗词》正是如此，这种精神实践包含深刻的个人体验、见解、情感、境界，先知先觉，照亮他人、照亮现实，才成为改造社会的力量。作者厉有为在虚践和实践中参与了十堰和深圳的改革，在创造中成长为诗人。只有突破传统诗词研究认识论的思路，改变把作品当作认识对象的二元对立的思维模式，直接以历史、时代、人生为参照系，才能进入实践存在论视野，发现《悟牛斋诗词》的虚践、实践与创造的深刻关联。这种创造，不仅是诗的创造，也是理想人格、理想人生、理想社会的创造。

实践存在论美学把"人生在世"作为美学思考本体根基，将创美和审美当作特殊的人生实践，把诗词活动看作人的一种存在方式，认为作者的人格、胸怀、气度、创造力对作品有决定性的影响。最后一点是王国维"境界说"提到过的重要观点。王国维的"境界说"不仅从形而上谈到"合乎自然""邻于理想"境界观，也从形而下谈到了"遗其关系限制处"的创造观。然而，正如施议对先生所言，近百年我们对境界说的理解逐渐偏向了认识论、风格论，忽视了"遗其关系限制处"所包含的创造论文学旨意和实践动向。以实践存在论美学观，揭开王国维"境界说"的实践存在内涵，发现《悟牛斋诗词》的创造论文学价值观是一种值得关注的当代诗词价值引导。

一、《悟牛斋诗词》是人生虚践

当前不少诗词创作徘徊在现实层面，忽视了"境界说"的创造性、理想性两个关键词，导致作品思想深度与诗性的双重失落。这两个关键词是实践的动力源，也是存在感的来源。创作《悟牛斋诗词》这样的精神活动，是高级的人生实践，从现实局限，走向对人的理想状态的探索和追求。比如，《鹧鸪天•拓荒牛》是作者刻画的"理想自我""新我"。回首深圳这个小渔村的今昔巨变，才能体会作者笔下的"新我"与"新城"关系，以及诗词虚践的"内创造"对人生实践"外创造"的意义：

一纸匆匆调粤疆，兼程风雨拓新荒。蓝图欲改千秋史，方略更张百代乡。
担木轳，斗蝇虻，身心汗泪夏成霜。新城一夜非神话，散去阴霾万丈光。

"新人"是一个生成的存在，而不是悬置在发黄的历史语境中，重复古人的声音。"身心汗泪"投入"担木轭，斗蝇虻"的生活现场，有"蓝图欲改千秋史，方略更张百代乡"的雄才大略，才可能创造"新城神话"。在文化转型、诗词古今演进的转折点上，关注人的"实践存在"这个"内创造"至关重要。《悟牛斋诗词》是活生生的实践存在论教材，令我们返回原点，回到"人"这个起点，重新思考意境、境界的本源。意境和境界常被混淆，意境是作品中艺术形象的存在状态，同一作者不同阶段的作品有不同的意境，见证了他（她）不同阶段的人生境界。诗人在境界生成过程中成长，《悟牛斋诗词》留下了作者"从虚践到实践，从世界到境界"的人生轨迹，其意境之源在于作者厉有为的人生境界。

马克思说："人们的意识，随着人们的生活条件、人们的社会关系、人们的社会存在的改变而改变……精神生产伴随着物质生产的改造。"后一句强调的就是常常被忽视的"精神生产"，提示我们把诗词创作这样的意识活动看作"人"改造自身、改造社会、生成"新我"、改造现实的"虚践"。马克思认为"现实"是具有历史性、整体性、开放性和过程性的存在。他说，改变现实的途径就是"现实革命"，是包含"虚践"的实践行动。马克思的现实观，对我们重新把握诗词活动具有重要的理论意义。使我们把诗词创作这个"精神生产"的问题提升到和"物质生产"同等重要的层面，并且贯穿到个体的"人生在世"、人类历史的全过程，将个体完善、人类的生存发展和理想社会的建构系统关联起来。抒情言志之"情志"在根本上都是人的欲望，人的理性和欲望之间的矛盾永远无法消除，"现实革命"从来不缺对象。诗人以个体诗性生命体验到这种矛盾，拉开境界的理想之维，寄托心灵，协调着人生困惑。诗词虚践（写诗和读诗）是一个理性对感性的反思，激活个体"欲望—理性"的自审机制，在诗的"创造—阅读—接受"中生成"新人"。"新人"推动"现实革命"、推动历史的车轮。由此，将诗词艺术的审美价值提升到一个多元的价值系统，有力拓宽了当代诗词的文学价值，不仅照见"为艺术而艺术"的狭隘，也校正了诗词工具论的偏颇。马克思揭示出"精神生产"和"现实革命"的内涵，有助于我们准确把握诗词创作这样的思想、意识活动的实质。

《悟牛斋诗词》与厉有为的人生实践有着一致的呼应关系，是典型的精神生产、虚践。虚践具有与实践相同的深层结构，虚践具有更大的自由性和开放性，虚践的特性使它能够创造实践的整体结构。中国文论中谈到的想象、神思、妙悟都属于虚践。西方文论认为文学是白日梦，小到人生梦，大到中国梦，都离不开虚践这一步。实践包含虚践这个内在环节，虚践则以虚的形式涵括着实践的实在结构，二者共同推动现实向前发展。伴随着诗词虚践活动，诗人厉有为完成了他从十堰到深圳的创造人生。诗的理想之维，引领他突破现实局限。想人之所未想，做人之所未做，一步步迈向更高的人生境界。虚践，创造了实践的整体结构，这种创造论诗词文学价值观，是改变当前拟古体"身心缺席"的良药；也是纠正附庸风雅的路标，创造人生就是风雅人生。支撑苏轼度过仕途坎坷，抵御三起三落人生波澜的，乃是其诗词虚践中的豁达、深情、超越的精神境界和丰富、坚韧的人格理想。在毛泽东人生历程中，从童年时期"独坐池塘如虎踞，绿杨树下养精神"的雄心，到青年时代"问苍茫大地，谁主沉浮"的叩问，他一生重要的转折关头都有虚践的足迹："安得倚天抽宝剑，把汝裁为三截？""把酒酹滔滔，心潮逐浪高！""西风烈，长空雁叫霜晨月。霜晨月，马蹄声碎，喇叭声咽……"铮铮铁句不仅见证了虚践的过程，也还原了诗人的实践现场。《悟牛斋诗词》也是这条路上一个跋涉者留下的足迹。踏上征途，是因为真正的诗人都是人类的情人，都是创造者。满怀心疼，踽踽独行，创造境界，为芸芸众生开路担责。

二、《悟牛斋诗词》的创造论文学价值观

诗词文学价值观是指人们对于诗词价值的认识看法，以及在诗词活动中所体现的价值观点或观念。包括对诗词文学价值的认识、审美理想、审美判断，与个体价值观、时代精神、政治气候、社会心态等有必然联系，决定着诗词活动中总体的价值取向。从创作上看，诗人的文学价值观决定着从选材到加工全过程的价值选择、价值判断，以及诗词作品的价值。从欣赏上看，读者的诗词文学价值观决定读者选择什么作品、怎么阅读，诗人的价值观念也在阅读、传播中影响着受众。从评论上看，研究者的诗词

文学价值观，决定着他的眼光和阐释方法。价值多元的时代，众声喧嚣，价值失落，尤其需要符合诗词艺术规律和时代需求的诗词文学价值观，对诗词创作实践形成价值引导。

《悟牛斋诗词》的诸多作品，都体现了诗人厉有为对诗词文学价值的认识、审美理想、审美判断的独到见解。这三点是诗词文学价值观的主要内涵。诗人厉有为的审美理想超越了个人感受，上升到社会、群体的层面，志在通过创造境界来改造世界；他的审美判断，对题材的选择，体现出他的历史观、道德观和人生态度；他对诗词文学价值的认识，不是旧文人式的消遣，而是直面哭泣和抗争，勇敢突破重围。一份"达天信件"集中体现了诗人厉有为的诗词文学价值观。心疼千千万万个两地分居者，才会绞尽脑汁改变这个困境。男耕女织的农耕文明第一次受到工业化、城市化的挑战，聚少离多，荒了村庄，冷了庭院。为了相互照应，家属在城郊搭草棚居住，一家数口吃一份"国家粮"。家属拾荒谋生，孩子不能读书……城市的建设者被城市化巨轮碾得遍体鳞伤。这样的场景随后成为中国最后一代农民的普遍遭遇。诗人厉有为挺身而出，直面家国之痛：

> 千里相隔两地愁，愁完春种又愁秋。
> 夫妻见面芳心碎，母子搀扶热泪流。
> 草舍一间居几代，口粮几代啃一筹。
> 达天信件批复日，一举消除万户忧。

时任十堰市市长厉有为和市委书记王清贵给胡耀邦总书记写信，建议在十堰市进行中小城市户籍制度改革试点：建议这部分"农转非"家属吃"议价粮"，不加重国家负担。胡耀邦做了同意的批复，并指出这是城市化改革的方向。此举解决了"二汽"和市里4155户、14415人的农转城户口问题。如果，多几个十堰这样的改革试点，多几个厉有为这样的顶天立地担当者，多几个"达天信件"的创造者，"村庄"里的中国将会露出久违的欢颜。心疼在滔滔洪水中转瞬即逝的生命、家园，才为防洪款忧心忡忡，四处奔波；心疼千千万万个打工者的困难、处境，才挥笔写下《打工者的路》（九首）。写于2012年春的《鹧鸪天·再杀出血路来》发力深远，字里行间都是忧患意识："雾锁都城霾色增，逼人寒气结成冰。刀光剑影尘嚣上，暗箭明枪带血腥。　　冲血路，再征程，横刀立马驾东风……"2012年是中国改革深入到政治、文化领域之时，历经政治风云的厉有为敏感地意识到改革已涉深水区，最难攻克的是政治、文化中的痼疾。许多人处于惯性、惰性、奴性，搬出"存在的就是合理的"为借口，把改革中出现的负面问题，看成改革必须要付出的沉没成本。而诗人厉有为寸步不退："夏雨滂沱来势汹，洪流滚滚啸苍龙。摧枯拉朽气从容。恶虎困山犹未死，毒虫淹水亦无踪，何时尚待引长弓？"（《浣溪沙·夏雨》）

厉有为有"牛"情结，与诗友有三十多首"牛诗"唱和。"为官本是拓荒牛，血汗应挥绿野畴。""人间世道多掺假，只有牛途总认真。"……这种犟劲是人间一股英雄气，是好诗的理想之维。"牛悟我来我悟牛，苦作一生热汗流。鞠躬尽瘁为大众，骨角皮肉不曾留。一悟再悟天天悟，一修再修日日修。悟得牛品多奉献，修得人生少烦忧。""天天悟，日日修"的虚践过程不仅是好诗的动力源，也是诗人人生的引擎。露出水面的三五行诗句，只是诗人虚践的冰山一角；冰山下是实践中冶炼出的才情、意志、胆识、使命感。实践到虚践的距离，就是世界到境界的距离。通过审美境界的创造，深刻影响现实世界。境界不是认识成果，而是不断生成的实践存在状态。实践存在论境界观认为虚践、实践不可分，是境界的形上和形下两个组成部分，构成了人的存在感。在实践中存在，在存在中虚践，是《悟牛斋诗词》显现的创造论文学价值观。所谓"创造论文学价值观"，即把诗词当作创造境界的艺术，从现实局限处入手，把诗词活动的精神生产与物质生产相关联，虚践与实践互相建构，以实践存在论境界观把诗词艺术活动融入创造人生。《悟牛斋诗词》的虚践和实践所体现的就是这样一种创造论文学价值观。

抒情言志之"情志"的本质是诗人的欲望，中国传统文论很难说清这个问题。王国维借鉴叔本华哲学，以"合乎自然"和"邻与理想"的两个维度，在现实人生和理想生存状态之间，建立了欲望—理性的自审机制。王国维说："有造境，有写境，此理想与写实二派之所由分。然二者颇难分别。因大诗人所造之境，必合乎自然，所写之境，亦必邻于理想故也。"王国维认为造境是在实际物象、经验的基础上，预料合乎自然的可能性，创造"邻于理想"的境界，并进一步论述造境的切入口。他说："自然中之物，互相关系，互相限制。然其写之于文学及其美术中也，必遗其关系、限制之处，故写实家，亦理想家。又如虚构之境，其材料必求之于自然，而其构造，亦必从自然之法则。故虽理想家，亦写实家也。"王国维的"境界说"把中国传统文论中艺术的描述对象由主观的情感、意识转向了客观的理念、现实，第一次明确指出"遗其关系、限制之处"，引出了集中、概括、超越现实、发现"道""真理""规律""神谕"、预见可能性的创造方法，道出境界在创造中生成的奥秘，孕育了一种创造论文学价值观。"少小骑牛背，书吟解放时。车城磨意志，粤圳做牛诗。"四个片段勾勒了厉有为的人生旅途。辗转反侧的深夜、风口浪尖的挑战、横刀立马的关头、书案疆场的锋芒都是冶炼诗人欲望观的熔炉。"牛背—深圳"所构成的世界是有限的，而诗人"情志"所攀登的境界是无限的。境界攀登的足迹，留在每一篇作品的意境中。一步一个脚印，汇成诗词稿中每一首的意境。何为"意境"？"意"，即作者所表达的意欲。艺术都是以各种艺术符号，通过说故事，完成意欲传达。故事包括"人+事"。所谓"人"，乃作品中的艺术形象，在诗词中往往体现为诗人的人格化身"我"，或诗中塑造的"他""她"；所谓"事"，即题材，即此"艺术形象"在作品中的"实践"；意境乃作者创造、读者感受到的艺术形象在作品中的存在状态，见证作者的虚践。"境"是载体、艺术空间，负载着作者之意欲。人心相通，意境在"创作—文本—阅读"的过程中生成。从起心动念，到精心创造故事，写什么、怎么写均由作者人生境界决定。品读《悟牛斋诗词》，能深刻理解二者之间的本末关系：人生境界是作品的意境之源，作品的全部价值在于作者的人生境界。达天信件、筹款防洪、体制改革等的背后，是诗人厉有为的创造人生，在他心目中，诗词的价值在于创造。什么是创造？赋予事物以存在，即"无中生有"。创造的过程就是精神物质化的过程，就是创作主体将自己的意欲具象化、符号化的造境的过程。形而上创造了境界，形而下改变了世界。《悟牛斋诗词》践行了"遗其关系、限制之处"的造境方法，展露了当代诗词创造论文学价值观的端倪。厉有为在《悟牛斋诗词》中迈开虚践到实践的脚步，从世界的有限性，到境界的无限性；从虚践的抽象性到实践的具象性，"象"和"意"之间的张力引领读者从形下走向形上，在"关系、限制之处"建立起独特的艺术境界和人生版图。这是实现对事物的客观把握到审美把握的关键一步，也是诗人厉有为多年的艺术追求。在虚践中突破现实局限，按照"理想"模式虚构艺术境界；以艺术境界为蓝图，在实践中靠近理想。

三、在创造中永生

当代诗词创造论文学价值观具有明显的区别于各种古代诗词的文学价值观的当代性，其意义与价值，不仅在于诗，还关系着创造理想社会和人生诗化。认识诗词所表现的美，一直是传统诗词的鉴赏模式，属于现成论。诗词之美，美在诗性生命的生存状态的兴发感动，属于生成论。王国维认为，前人推举"兴趣""神韵""犹不过道其面目；不若鄙人拈出'境界'二字，为探其本也"，王国维所探其本是什么？笔者认为，是探得境界根源、生成性和理想性，这是提升诗词文学性的重要台阶。他探得作品意境与作者人生境界同根同源：在于人的实践存在。他提出的"成大事业、大学问者三境界"打破了传统认识论的现成性，明确了境界的生成性和理想性，一是指出境界生发于现实局限的突围——望尽天涯路。二是点到境界生成与其价值选择和情感意志的密切关联——为伊消得人憔悴。三是明确了境界扎根于世界、关乎"人"的实践存在——蓦然回首，那"人"却在灯火阑珊处。境界的生成性和理想性都指向创造，诗人通过创造出有境界的作品，成为"人类的喉舌"，代言人类创造理想生活的心声。"人"的理想生存状态构成对现实的参照和牵引，促进人的生存和发展，此乃一切艺术的无用之大用。

《悟牛斋诗词》提示了诗词艺术丰富多元的价值内涵，其创造论人生观和诗词文学价值观一脉相承。启发当代诗词创作与研究应该深入到实践存在论层面，深入到人生这个永恒的舞台，建立欲望—理性自审的诗词文学创造机制。这不仅是诗词创新的动力源，更是社会转型、价值重建迫切需要的创造力，也是当前文化创新、提升中国文化阳刚之气的核心力量。

本文初次以实践存在论分析王国维境界说，以此分析

《悟牛斋诗词》的实践存在论价值。当代诗词创造论文学价值观引领诗人厉有为的人生实践和艺术境界驶向理想彼岸，也引领我们走出对境界说的认识论的误区，反思诗词活动的意义、价值到底何在，认识作品的境界是为了什么。诗词审美活动有明显的价值特性，与主体的价值观念密切相关，身处社会生活中的人都有一定的价值观念。在处理人与外部世界的关系中，有三种主要关系维系着人的生存与发展，即认识关系、价值关系、实践关系。当前诗词界的几种文学价值观都来源于这三种关系。第一，传统诗词的情感表现论是人在认识外部世界、认识自我中产生的，抒情言志的实质是认识自我、认识自然、认识社会。实质是认识关系。第二，传统诗词还经历过社会功利型文学价值观，以诗词活动实现社会政治意图，满足主体的需求。实质是价值关系。第三，在实践关系中，创作主体根据对事物的认识和所形成的价值判断，来创造新我、新生活、新境界，改变对象世界。实质是实践与存在的关系。再就是本文从《悟牛斋诗词》中体会到的实践存在论思想，诗人厉有为在创造中改变现实局限的虚践和实践，是一种创造论文学价值观。实践的关系贯穿人生在世的全过程，认识是为了使人的实践活动"合规律性"，价值判断则是为了使人的实践活动"合目的性"。实践则使二者有机统一，其中人们的价值观念与价值判断起着关键性的作用，这是本文以实践存在论方法分析《悟牛斋诗词》，提出重建当代诗词创造论文学价值观的缘由。

写诗，无非就是把悟到的"意义"形象化，有什么样的价值观，认为什么有意义，就会对此情此景此人此事产生写诗的冲动，才会有特定的情意，才会创造出特定的境界。现代人的价值观已发生巨大变化，必然导致诗词文学价值观的变化。诗词艺术传统是创造的结果，只有贡献我们的创造力和创造成果，站在创造的立场上，诗词艺术才能生生不息。人是有思想、有行动能力的动物，当代诗词创造论文学价值观是在行动过程中慢慢形成的，观念、意识和实践行动、存在状态是一种互动、互构的关系。《悟牛斋诗词》的创造之光照亮了人的实践存在、精神生产和创造之间的关系。这对改变当前诗词研究认识论思维模式，建立当代诗词创造论文学价值观；对诗词艺术适应文艺发展规律和时代需求，引导当前"诗词热"走向创造之路；对丰富当代文学创造的实践内涵，提升大众文化诗性品质，乃至促进人生诗化等时代命题影响深远。

2016 年 6 月 24 日

（宋湘绮，女，新疆塔里木人，哲学博士，中南大学文学与新闻传播学院教授。湖南省诗词学会副会长，对诗词美学有专门研究。在中华诗词六十年高峰论坛等学术会议上多次获奖。）

情牵改革情洒诗苑

◎王声溢

近日，厉有为学兄将题签的《悟牛斋诗词》馈赠于我，此诗词集内容海涵时政、经济、自然、人文、历史、世故、人情等方方面面。

静心细细展读，顿觉一股清新气息迎面扑来，深感诗人献身改革的激昂壮怀，情系诗苑的儒雅神采，心贴百姓的公仆风范，禁不住拿起笔来，倾抒读后之感。

有为学兄是辽宁新民人，我的高中同窗校友。众所周知，有为学兄在从政期间，尤其是在深圳这一中国改革开放的前沿阵地担任市长、市委书记要职，自号"拓荒牛"。有为的政务之繁忙可想而知，但能在很少的闲暇中，进行诗词创作，且收获颇丰，着实是难能可贵，令人赞叹。

他是一位令人瞩目的城市领导者和改革家，正与他的名字一样，雷厉风行，敢于作为，大有作为。当中国改革开放的总设计师邓小平在祖国的南海之滨画了一个圈，有为就成为这个圈里拓荒牛群的领头牛，辛勤耕耘出一片充满诗情画意的天地，锐意开拓出一个全面深化改革的特区，奋力创造出一个市场经济前哨的城市。

　　有为的诗词反映了他的从政经历和所见、所闻、所思，有一种改革味，有一股精气神，有一种如牛如犁的声威。他歌颂改革开放，歌颂创新发展，歌颂人民群众，歌颂反腐倡廉，歌颂依法治国，歌颂我们的生活蒸蒸日上，面貌一新。

　　范仲淹说："先天下之忧而忧，后天下之乐而乐"，有为创作的尽是此种胸襟，触及笔端，寄以家国情怀，富有浓郁的生活气息和鲜明的时代特点。正可谓：

　　　　改革前沿拓荒人，情牵家国深耕耘。
　　　　勤观细察巧思量，公务繁忙不辞辛。
　　　　诗词歌赋畅想曲，精读细品别有神。
　　　　早年同窗系丹心，一生难得有知音。

　　（王声溢，男，1942 年 8 月生，辽宁新民人。曾任中共沈阳市委常委、组织部部长；1998 年任沈阳市政协副主席、党组书记等职。是作者中学校友。）

厉有为诗词集读感

◎王文英

认真品读了厉有为先生的诗词集，感觉他是一个用情用心写诗的人。无论是诗还是词都充满了真挚的情感，体现了为人为官的高尚节操。手法上多半是直抒胸臆以及借景抒情、寓情于景、情景交融；语言风格朴实无华，寓意隽永，耐人寻味。诗人时而发出正义的呐喊，时而发出低沉的呻吟。其悲慨的情绪，劲健的诗风，春风之词笔每每感动着我。可谓"尘世清音，人间浅吟"。

王国维说"词以境界为最上。有境界，则自成高歌，自有名句。五代、北宋之词所以独绝者在此"。词以有境界为其美的追求。因此，一首词有无境界，是衡量诗词作品是否美的前提。而"境界"的核心是"真"。真实的语言，表达真实的情感，而不必刻意去雕饰。现在很多诗人只注意堆砌优美的词汇，一味套用古人的东西，有的就是"为赋新词强说愁"。没有自己真实的情感在里面，可能连他自己都不会被感动，又怎么能感发别人？那不叫诗词！厉有为的诗词每一首都不是为了写而写，都是真情的流露，善德的体现，正义的伸张，丑恶的鞭挞。他有很多诗词记录了他所经历的切身体会，描写的是真实存在的世界，是透彻心扉的百肠之溪流轻轻的诉说，是震撼人心的九曲之波澜威威的呐喊！从优美而有旋律的文字里可以看出，其用情之深，用心之真，用笔之自然。一个身兼重职的领导，他还要在百忙之中挤出时间去写诗，去净化心灵，去通过自己的真诚感发和启迪读者，可见他的性情，他的襟怀，他的修养，他的品位。我也同意周笃文先生在序里说的"在我国辉映万古的诗词中，很大一部分是治国主政的官员作品。由于他们文化高、见识广、影响大，又有很深的人文情怀，发为诗词，往往能化民为俗，广为流传。这种优良传统在厉有为身上得到完美的继承"。诗歌是有社会作用的，但更是有社会责任的。厉有为不仅作为政治家为改革开放、为民众尽了官人的责任，还为国粹文化的传承尽了诗人的情怀！

作为诗人首先要陶冶情操，求得人格上的提升，再精炼于诗。读厉有为的诗能让人慢慢净滤心灵，开悟心境，直抵那深沉浓挚的"真"的境界，值得品读。由于篇幅关系不能说得太多，下面只从两个方面来浅析他的词之美，情之深。

一、实境之美

王国维说境界里分"造境"和"写境"。这是两种不同境界。一种认为，文学艺术处理的是虚构、想象的世界；而另一种认为，文学艺术描写的是真实、存在的世界。但是这两者又很难区别开来。因为创造的境界，必然合乎自然的真实，而描写的境界也是充满了理想的。

司空图的《二十四诗品》之八也说到"实境"，也是指真切直接地写所见所感而达到的境界。"取语甚直，计思非深"，而欲能达到"实境"，则是"情性所至，妙不自寻"。司空图在强调了作诗要含蓄隐约，要力求达到"象外之象，景外之景"后，也没忘指出一个例外，"然题纪之作，目击可图，体势自别，不可废也"，可见他也很注重直观性与可见可感性。厉有为的诗词大多是属于描写实境型的。他有一半用的是真切直观的手法准确地描写了他的所见所闻。例如《江城子•母亲节感怀》：

> 手拿话麦泪千行，未开腔，语先呛。一声问候，母子俱安康。何月孙儿亲祖母？魂渡海，梦黄粱。

通过拿、泪、未、先等字直接诉说了一个母子间的感人场景，也足见其儿女情长。又如《更漏子•打工者思乡》：

> 夜更长，秋雨冷，团聚恰如梦境。母病倒，父劳疾，思乡在广西。
> 窗外月，清光泻，挨到何时春节？忙订票，挤长车，到家话语奢。

一个身居要职的高官，他能够这么细微地体察老百姓的苦楚，足以证明他爱民如子，是一个有情有义的好官。当官都能如此，国必振兴啊！无情未必真丈夫，不会表达情感的也未必是真诗人。叶嘉莹在讲"古诗十九首"时引用了陈祚明的话："十九首之所以为千古至文者，以能言人同有之情也。人情莫不思得志，而得志者有几？""能言人同有之情"是她推崇的，叶嘉莹先生所忧虑的是现代人越来越多的"文不逮意"。她说："你用来表达的言辞赶不上你的意思和感情，你无法把你内心产生的那种美好的情意完全表达出来，这当然是很遗憾的一件事情。"厉有为表达情感的方式真切而直接，自然而优美！所以容易通向读者的心田，容易产生更大的感发力量。再看看这首《踏莎行•官兵洪水中救人》：

　　洪水无情，官兵有义。死生线上无言惧。浪头打过再前行，紧拉衣袖难抛弃。
　　心执旌旗，胸怀勇气。人民都是咱兄弟。人生大义正逢时，献身舍己当全力！

　　这首词看似很平常，但是作为一个高官，他能亲临现场，和一线战士同生死共患难，并且回来后能如实用诗歌形式记载下来，以歌颂弘扬士兵们爱民爱国之情。当今社会有多少官员能做到这些？所以这个是难能可贵的。"浪头打过再前行，紧拉衣袖难抛弃。"很直观地描写了当时勇士们怎样与洪水搏斗，怎样团结一致，不顾生死的动人场面。作为官员他是一个好官，作为诗人他也是个好诗人。他的诗不是闲情小调的无病呻吟，而是有血有泪的纪实诗篇。

二、"劲健"之美

司空图很欣赏"澄澹"的诗风，但也对"劲健"的诗风大加赞赏："愚尝观韩吏部歌诗累百首，其驱驾气势，若掀雷挟电，撑抉于天地之间，物状奇变，不得不鼓舞而徇其呼吸也"（《题柳柳州集后》），"驱驾气势，若掀雷挟电"这九个字，乃厉有为诗词劲健风格的绝妙注解。我们来看这一首词《八声甘州•世道》：

> 叹沧桑阅尽数千年，悲壮起波澜。汉将军射虎，灞陵昏醉，遗恨无鞍。刚正稼轩获罪，万古颂遗篇。拍马逢迎道，品戴翎冠。
>
> 道德庙堂忠义，又谁人执耳？徒化云烟！看贤良却在，落魄只偷闲。世间难，难扬真善，世间欺，欺不倒心田。长河尽，浪涛汹涌，东去连天。

诗人一开头就悲慨："叹沧桑阅尽数千年，悲壮起波澜。汉将军射虎，灞陵昏醉，遗恨无鞍。刚正稼轩获罪，万古颂遗篇。拍马逢迎道，品戴翎冠。"诗人用历史典故说明了世道不公，真挚者往往不得善终，弄假者却总能戴上翎冠，抨击了古往今来一些不公现象。接下来写道："道德庙堂忠义，又谁人执耳？徒化云烟！看贤良却在，落魄只偷闲。"诗人直截了当地表现了自己十分痛恨不良的买官卖官的肮脏交易，并且非常同情贤良不被重用的遭遇。接着诗人悲愤地感叹："世间难，难扬真善。"这句向天发问，表达对奸佞当道的痛恨和无奈。厉有为是一个善于观察思考的诗人，更是一个对国家对人民极度负责任的官员。面对不正之风他非常痛恨，并且敢说、敢批，即使为此丢了自己的乌纱帽又在所不惜："当年往事伤心透，险肉板开花。一方要闯，他方要杀，倾向谁家？良心天地，万民利益，奉献年华。疾驰奋斗，无暇顾惜，头上乌纱。"所以说厉有为有苏轼之豪放激进的品质，有那种不受约束永不言退的超远旷达的襟怀。他在任何时候都能超越红尘，表现出逸怀浩气，维护正义之道，歌颂人世间的真善美。所以说他是谦谦君子，真诗人也。

（王文英，女，安徽马鞍山人。中华诗词学会会员、中国辞赋家学会理事、《中华辞赋报》特约编辑、香港诗词学会常务理事。）

麇庸腾飞指日待，开怀醉酹大江流

——厉有为书记与十堰市诗词学会

◎王维俭　周贤鹏

　　一个城市30年前是什么样子，年轻人需要借助历史资料方能知其大概，中老年人回忆起来，也难免会有恍如隔世之感，而对于一个在大山深处新兴的工业城市，就更是如此了。一个非常偶然的机会，让我们重新领略了当年的情景，更为难得的是，有幸感受到当时担任主要领导职务者那颗滚烫的心灵。

　　2014年春，湖北省诗词学会和十堰市诗词学会计划联合出一本《诗咏十堰》的旧体诗集，我们负责组稿。此书的编辑工作得到社会广泛的支持，特别是得到市委书记周霁同志、市政协主席卢富昌同志和文化界、教育界的朋友及社会贤达们的支持。在组稿过程中，让我们喜出望外的是，一些在战争年代为了解放十堰浴血奋战的革命前辈和后来担任重要领导工作的老同志也把他们的诗词发到我们的电子信箱来了，其中就有我们非常敬重的老领导厉有为书记。

　　令我们记忆犹新的是，厉书记对十堰市诗词学会工作的支持是从1989年就开始的。当时的情况是，在省诗词学会的关注下，市诗词学会筹备成立，时间是在"五一"节。学会组织者、原市委书记沈毓珂同志向时任市委书记的厉有为同志作了书面报告。厉书记看后，专门邀请活动具体组织者周贤鹏同志到他的办公室面谈。周贤鹏同志回忆说，厉书记当时真是站得高看得远。他指出，十堰市作为一个新兴的工业城市，经过多年努力，在经济建设方面已经取得了很好的成绩，位列"全国大中城市五十强"的第三十二位，但在精神文明建设方面，还比较薄弱。我们能否建立一个能和政协一样，联系"二汽"、郧阳地区方方面面的知名人士及社会贤达的文化组织，传承文明，推动精神文明建设？希望诗词学会能够担负起这个重任。厉书记的指示，为十堰市诗词学会以后的工作奠定了基础。在1989年5月6日，厉书记亲自参加了市诗词学会成立大会，在大会上，还热情洋溢地当场赋诗。厉书记的诗句，赢得了热烈的掌声。厉书记还当场代表市委市政府和"二汽"厂长陈清泰同志向前来参加活动的湖北省诗词学会常务副会长兼秘书长王精忠同志表示，盛情邀请省诗词学会在国庆节期间共同举办十堰市建市、"二汽"建厂二十周年的"双庆诗会"。省诗词学会领导欣然赞同，并将会名定为"金秋双庆诗会"，地点设在市委招待所。之后，厉书记还召开市委常委会议安排这项工作，并以纪要的形式下发给市有关单位。

是年国庆，"金秋诗会"在"二汽"车轮厂举行，那真是盛况空前。省文联领导、省诗词学会大家都光临讲话或吟诗，省政府、省军区还发来贺信，《湖北日报》、湖北电视台和省及武汉市新闻媒体竞相报道，市、"二汽"及郧阳地区领导都始终参加，省、市诗人竞相朗诵，省歌舞团及市文艺工作者悉数登台表演。厉书记因公务繁忙未能参加，特送来一首七绝：

> 橘红染重阳，东风飘桂香。
> 车城兴诗会，喜祝二十双。

厉书记不仅是用教导，用指示，更是用自己的创作实践，言传身教，为我们作示范，带领我们把十堰市建设成为文明城市。几十年后，厉书记的话音还萦绕耳边，十堰市的文化工作者、诗词学会的会员们，无时无刻不在为着这个宏伟的目标努力着。

现在，人们大都知道，厉有为是邓小平南行时跟在小平身边的深圳市领导，是一位很有魄力的改革家，却很少有人知道他还是一位极富激情的诗人。

厉有为1964年毕业于吉林工业大学机械系，1964年8月起在第一汽车制造厂工作，1966年10月加入中国共产党。1967年奉调第二汽车制造厂，是首批来十堰的拓荒者。1983年10月后他开始出任地方党政机关领导职务，先后任湖北省十堰市委副书记、市长、市委书记。在这本诗集中，有他来十堰途中的诗词《秋波媚•奔"三线"》：

> 迢迢千里奔鄂西，风紧战云低。一声令下，千帆竞比，马不停蹄。
> 运筹"二汽"奔"三线"，为国别荆妻。缺柴少米，山为驻地，矢志难移。

从这里我们可以看到，当时这位青年才俊为国家建功立业的战斗激情。离开故乡，离开繁华的大都市，离开年轻的妻子，只身来到几乎是一片蛮荒的鄂西北大山。在他的肩上，是祖国的重托；在他的胸中，是诗人的情怀。

我们再来读他初来十堰时的两首长调：

一脉风流，千秋惬意，"二汽"引领风骚。"三线"征途，武当山下旌飘。青山踏过山河变，土屋中，心涌狂潮。路迢迢，满布荆棘，水远山高。

神州铁马山中造，看扬威志气，彰显英豪。夜战车间，抢工每每通宵。中兴大业心宣照，劲冲天，热火燃烧。志弘道，奉献青春，分外妖娆。

（《高阳台•忆参加"二汽""三线"建设》）

步踏桐山，足登郧县，雄心壮志相伴。武当山下安家，堵河水边筑堰。开山打洞，群情奋，旌旗招展。草履穿林过山崖，天黑险途难返。

图纸上，厂房布满。山角下，炮声不断。汗流合雨高歌，夜深挚情低唤。青春奉献，效祖国、躬身"三线"。待何时？驰骋"东风"，万众目光企盼。

（《东风第一枝•参加筹建中国第二汽车制造厂》）

诗言志，这两首词，为我们描绘了"二汽"建设者那种开天辟地的战斗历程。今天捧在手上，依然觉得是那样的烫手！白天在干打垒里安机器，夜里在小窝棚下写家书，远处的林莽深处传来野兽的号叫，身上满是汗水和蚊虫叮咬的包。一群以天下为己任的青年就是在这样的环境下，建设一座让每个中国人都骄傲的汽车城。

自1983年起，厉书记开始担任十堰市领导职务，从诗中我们约略可以看到他勤政的脚步：

仕路明知险且惊，百般不愿虎山行。
千思万想民恩重，一事多私自觉轻。
考验面前无退却，重负肩上有担承。
武当迈步从头越，雨雪风霜任纵横。
（《接到调令之后》）

穷乡僻壤一犊牛，雨雨风风闯郧州。
脚踏秦巴山险陡，手挖十堰洞阴幽。
治河引水千家愿，筑路开山万户求。
戴月披星行大道，改天换地乐筹谋。
（《十堰抒怀》）

脚踏云端手触天，欢呼雀跃做神仙。
昂头幻觉峰前隐，放眼直观岭后悬。
龙跃山间旋二百，凤翔楚域展三千。
详查细看源头水，饮水安全任在肩。
（《到界岭》）

作者每到艰险危困之境，并不是为了探幽寻古，也不是为了登高揽胜，而是为了给山村建路，给城市引水。且读这首七律《再访郧县》：

> 率团乘假访州邻，此乃肩托万众心。
> 寻找共同开发路，谋求一体结联姻。
> 三千菜地双赢事，一路通达两地亲。
> 绕过困难多善举，为民谋利必艰辛。

作者自注：1987年5月10日趁星期天休息，我率十堰党政班子成员访问郧县，洽谈在柳陂建三千亩蔬菜基地，并修建一条公路通柳陂。双方愉快达成共识。其时，地市尚未合并，城区人多地少，蔬菜供应非常困难，为了解决这一困难，厉书记顶着五月的太阳，牺牲星期天的休息时间，带领一班人马前往郧县，解决在柳陂建蔬菜基地的问题，并达成双赢。此事在当时城区家喻户晓，蔬菜供应有了保证，菜价也降下来了。现在柳陂人还感谢厉书记当年为他们修的这条致富路。再看七绝《赠郧县杨献珍纪念馆》：

> 真理无垠贵在求，道德有准亦风流。
> 求实本色标杆立，我党先驱孺子牛。

杨献珍纪念馆在郧县县城，杨老对真理的探求，秉持实事求是的精神，成为厉书记学习的楷模。正是秉承这种精神，厉书记在工作中坚持调查研究、实事求是，破解了当时无数的、重大的难解之题，为十堰市的发展开辟了光明的道路。再读这首《李先念主席批示解决十堰市防洪经费问题》：

深山建厂称"三线"，一厂一沟亦自然。
暴雨山洪明史志，车间水毁有经年。
百年大计实无计，无力防洪只少钱。
危难之中先念示，工程喜竣保平安。

作者自注："二汽"分散建在十堰十多条大山沟里，建厂时没有防洪设计和投资。我1983年任十堰市市长后，十堰市防洪缺失是我心腹之患。1984年7月29日的洪水损失过亿，40多个车间泡在水中，厂房倒塌，供水、供电、通信中断，道路、桥梁、高压线被冲垮，农田被毁，汽车生产停止。十堰防洪虽然有了设计，但无钱建设。李先念主席十分关心"二汽"防洪建设，七年前有过批示，但没落实。我与书记王清贵商量，以我们二人名义于1984年9月1日给先念主席写信，请求予以关心。9月27日先念主席批示如下："依林同志并宋平、正英同志：二汽和十堰市的防洪问题，要抓紧解决……"接着钱正英部长把十堰市防洪经费3000万元列入国家计划，使十堰防洪能抵挡百年一遇洪水。

厉书记的这首诗是弥足珍贵的历史文献。现在回忆，当时的十堰，充其量不过是一组汽车工厂群，作为"三线"建设基地，只求隐蔽性，但作为城市，却不具备最基本的条件。

十堰地区地处秦巴山脉腹部，可能仅是一场局部暴雨，就会引发山洪暴发，造成厂毁人亡之重大灾难。1982年那次洪灾，厉书记作为亲历者，深感切肤之痛，他和王清贵联名上书，得到中央高度重视，在经费极度紧张的情况下，下拨防洪经费3000万元，一举解决了十堰市的水患问题。现在十堰市的老一代建设者回忆往事时，还津津乐道地指点旧迹，在百二河、堵河、马家河等重点河段，时时可以看到厉书记事必躬亲的身影，无论是炎热酷暑，还是大雪纷飞，厉书记踏遍了每条山沟，并结合防洪工程建设，重新规划了道路建设和给排水管道铺设，主城区各项功能建设也都基本到位。沿百二河等河道还建起了景观带，十堰市在短短的几年时间内，就成为有名的宜居城市。

当地人常跟我们说，早年十堰市有所谓"十大怪"，其中一条是"下雨打伞头在外"，他们解释说，因为建市之初，城区基本没有路，河道就是路，下雨时河里涨水，如果有汽车开来，溅起的泥水会溅湿行人的衣服，所以眼疾手快的行人赶紧打伞侧对着汽车，才不至于被污水弄湿衣服。当这一切都成为笑谈之时，我们这些十堰人，怎能不对上至中央，下至市领导心存感激！且看这首七律《胡耀邦总书记为百姓解难》：

> 千里相隔两地愁，愁完春种又愁秋。
> 夫妻见面芳心碎，母子搀扶热泪流。

　　草舍一间居几代，口粮几代啃一筹。
　　达天信件批复日，一举消除万户忧。

　　作者自注：我任十堰市市长后，经过调研，认为"二汽"建厂时招收的河南、湖北一万五千名转复军人职工中，他们家属多为农村户籍，两地分居，生活困难，职工春秋都要请假回家帮助春种秋收，严重影响汽车生产。有的职工农村家属来十堰在山边搭草棚居住，全家人吃职工一人口粮，困难很大。若用每年"农转非"指标100年也解决不了他们的问题。于是我以书记王清贵和我本人名义给时任总书记的胡耀邦写信，建议在十堰市进行中小城市户籍制度改革试点，这部分"农转非"的人员吃议价粮，不增加国家负担。此信送达后，耀邦批了420多字的批示。于是1984年下半年十堰进行了户籍改革试点，解决了"二汽"和市里4155户、14415人的"农转非"户籍问题。

　　今天读这首诗，作为过来人，无不为厉书记那颗赤子之心感动。那是包产到户的年头，"二汽"工人及家属的难处是现代年轻人所不能了解的。这些从部队转业的军人，在极其简陋的条件下生产汽车，而他们的妻子在家里耕种责任田，老的老，小的小，一个女人，身单力薄，基本无力完成春种秋收繁重的任务。所以"二汽"工人不得不请假回家赶农活，几十里，乃至几百里来回奔波。实在没办法了，一些家属不得不拖儿带女来到十堰，就在丈夫工作的厂子周边的河道边、崖壁下、铁路旁找一小块地方，找点破三合板、破油毡之类的东西搭个小窝棚住下

来，一家几代人都挤在里面，吃职工一个人的口粮，困难
是可想而知的。厉有为作为市长，对职工的困难感同身
受，职工的冷暖就是他的冷暖，职工的饥饱就是他的饥
饱。责任告诉他，不能再等下去了，他必须站出来为数万
职工解决困难，于是他和王清贵以二人的名义上书中央，
并拿出解决方案。胡耀邦同志以伟大的无产阶级革命家的
魄力，非常认真地作了批示，使这个难题得到解决。

为民办实事的例子还有很多，这首《关广富书记为我
解难》有所记载：

穷乡僻壤建山城，少教缺师有怨声。
子女独生珍宝贝，爸妈一意盼成龙。
民生大计心头患，政府为难肺腑铭。
下定决心"三不要"，放开一语谢恩情。

作者自注：我作为十堰市的党政领导人，对十堰教育
资源的缺乏深感忧虑。由大城市来的"二汽"职工，能
安心"三线"建设吗？人才留不住，城市能发展吗？于是
市委市政府决定采取"三不要"（即不要人事关系、不要
户口、不要粮食关系）的办法，招聘大城市的优秀教师到
十堰任教，全家搬来后分配全新住房，配偶子女符合条件
的可以安排就业。全国大城市的优秀教师踊跃应招。于是
某大学向中央告状，领导批示要纠正，湖北一些城市领导
也给省委施加压力，要求把招到十堰的教师送回去。在此
紧急关头，省委书记关广富在湖北省领导干部大会上说：

"我们大城市的领导要好好想一想，你们的教师为什么往人家大山区的十堰跑？你们的知识分子政策落实得怎么样？……这批十堰招聘的教师经过动员，愿意回去的送回去，不愿意回去的都留下。"关书记的一席话让我彻底解脱。没有一名教师愿意回去，十堰就这样得到一批优秀教师，为改变十堰教育面貌奠定了人才基础。

我是读了厉书记的诗稿才得知这些内幕的，作为亲历者，我当时就激动得热泪盈眶，随即给厉书记发了一封短信：厉书记，我就是您从西安招聘来的高中教师，看到您这首诗，感到十分亲切，厉书记，您这种敢于担当的无产阶级革命家的高风亮节永远是十堰人民学习的榜样。我还记得那是1985年3月17日，我在陕西西安看到《光明日报》上刊登的十堰市人事局招聘广告，当时还不知道天下还有个十堰市，就在地图上查找，并于第五天登上到十堰的火车。接着就是试讲，办手续，安排接收单位，两天时间就成了"政策意义"上的十堰市的人民教师了。十堰市的"三不要"政策，人们普遍认为是对旧的用人制度的突破。其实在当时的十堰市，则完全是不得已而为之，建市之初是单纯的战备，不可能考虑到建成一个功能完备的城市，到1985年，城市人口已经发展超过40万人，而教育则仍然是70年代的规模，纯粹是山区乡镇模式，根本无法适应恢复高考以后的教育形势，也无法满足人民群众对教育的需求。人民的需要，就是政府的责任，十堰市党政领导班子又一次承担责任，为十堰市招聘来了急需的各类专业人才，不光是教育人才，还有科技人才、医疗人才、文化人才、政法人才、管理人才，还包括能工巧匠等。从此诗的注释里，我们看到来自全国、全省方方面面的压力，一齐聚集于市领导班子，我真不知道他们当时面临怎样的困难处境！

1989年7月，厉书记调湖北省委工作，临别，赋诗《别车城父老》：

> 风雨同舟二十春，惯用汗水洗征尘。
> 车间田头知新理，茅舍米酒暖人心。
> 今别车城惜离去，难酬父老教育恩。
> 乡亲再有为难事，为民孺子有来人。

这首诗满怀赤子之心，一腔报恩之情，关心民瘼，寄望后来之意溢于言表。

一位名人说过，"人生的道路虽然漫长，但紧要处常常只有几步，特别是当人年轻的时候。"对于一个新兴的城市，何尝不是如此呢？记得在20世纪80年代中后期，中国曾经出现一个现象：猛虎下山。是指具有相当实力的大型企业搬离属于"三线"的大山区，迁到平原，迁入大中城市，而原先的生产基地遂废弃于草莽之中。这不仅增加了迁入地的负担，也造成相当大的浪费。当时"二汽"也同样面临这样的选择，是不是也得从古称"麇庸之国"的大山中迁出？历史告诉人们，这个中国最大的商用车基地没有迁出，不仅没迁出，而且更有发展。

究其原因，是这座城市走好了年轻时的那几个关键的步子。如今，这里已经是一座功能齐全的城市，不但拥有世界一流的大规模的汽车制造功能，而且在工业、农业、交通、水利、文化、卫生、教育、科技、环保、旅游诸多方面，都处于国内中等城市的先进行列。这座城市，不仅留住了东风汽车制造厂，还吸引了海内外关注的目光。这一切，在很大程度上，要归功于奠基者、创业者、开拓者长远规划的魄力，逆势力行的担当精神和踏石留印、抓铁有痕的实干作风。

"麇庸腾飞指日待，开怀醉酹大江流。"这是厉有为当年满怀豪情的诗句，现今已经成为现实，作为十堰人民，是不会忘记带领我们一步步走向成功的历届领导的。《诗咏十堰》一书的出版，使我们回首往事，倍感来路之艰辛，也深切感到这是一笔弥足珍贵的精神财富。

（王维俭，男，陕西西安人，高级教师，中国新文学学会会员，中华诗词学会会员，湖北省、陕西省诗词学会会员，十堰市诗词学会会员常务理事。

周贤鹏，男，湖北省十堰市人，中华诗词学会会员、湖北省诗词学会常务理事、十堰市诗词学会会长兼秘书长，多次在诗词大赛获奖。）

谋事为民称好汉

——毛泽东《清平乐》词、厉有为和词及
周鹏飞书法作品创作追记

◎高胤园

清平乐•六盘山

毛泽东

天高云淡，望断南飞雁。不到长城非好汉，
屈指行程二万。

六盘山上高峰，红旗漫卷西风。今日长缨在
手，何时缚住苍龙？

清平乐•谋事为民称好汉

——步韵敬和毛泽东《清平乐•六盘山》
厉有为

私权看淡，公利天云雁。谋事为民称好汉，
抵得雄兵百万。

中华寻梦登峰，拍蝇打虎行风。万众同心奋
斗，五洲四海腾龙。

2015年12月26日是一代伟人毛泽东122周年诞辰纪念日。他老人家的丰功伟绩自有人评说，作为老一辈革命家，他在戎马倥偬间仍不忘书生意气，吟诗填词，挥洒翰墨，是一代诗人、词人和书法大家。

1935年长征途中，中央红军成功翻越六盘山，即将与陕北红军胜利会师。毛泽东登上六盘山顶，回首长征路，慷慨赋诗填词，写下这首《清平乐》词的初稿《长征谣》。毛泽东以无产阶级革命家的开阔胸襟和他一贯的诗人豪情，将千斤之重的艰难困苦长征路，化为四两之轻的"屈指"，末尾又以四两之轻的"长缨"，擒住千斤之重的"苍龙"，这真是历史上所有的豪放词人都不敢梦见的奔放与壮烈。

词中作者的响亮口号"不到长城非好汉"，表达了共产党人革命到底的决心与意志，足可传诵千古。尤其再配以他独特的大草书法，翩若惊鸿，宛如蛟龙，可以说是艺术与思想的高度完美结合。

毛泽东的这种革命家气魄，诗人和书法家的高雅情怀，感染和影响了一代又一代的共产党人。正值他老人家122周年诞辰之际，国家非物质文化遗产"毛体书法"唯一传承人周鹏飞先生在深圳迎宾馆举办他的"毛体书法"展览，缅怀一代伟人，歌颂改革开放。激情满怀的周先生连夜创作了毛泽东这首《清平乐》书法作品，一如毛泽东书法的奔腾激昂、满纸云烟、龙飞凤舞、英气慑人！并把这一作品赠送给深圳原市委书记厉有为同志。厉有为老书记观看了周鹏飞的书法创作，非常震撼。毛泽东词的波澜壮阔、周鹏飞书法的神采飞扬，也深深地感染了这位老共产党人。他不由地联想起现时习总书记带领全国人民实现伟大中国梦的新的长征，和当前以习近平总书记为核心的党中央肃贪打虎的英明决断，便禁不住诗情奔涌，连夜和了毛泽东这首《清平乐•六盘山》。

好一个"中华追梦"！厉有为老书记追的这梦，就是习近平总书记提出的"中国梦"，当然也就是中华民族伟大的复兴之梦！尤其在这首词中，作者响亮地喊出了"谋事为民称好汉"的口号，抒发了老一代共产党人大公无私、一心为民的高风亮节。如果说，当年毛泽东是为可歌可泣的伟大壮举——长征——做了一个诗词的总结和展望的话，那么，今天厉有为就是为"中国梦"用诗词的形式进行壮行和展望。而且，对一个曾经领导深圳经济特区改革开放事业的创业者来说，升华到了一个老共产党人的高尚情怀——"谋事为民称好汉"！

和诗、和词是中华民族优秀的文化传统，诗词的依韵唱和更是具有相当难度的文艺创作过程，追和者不仅要依照原诗词的平仄韵律和韵脚，而且诗意、词意更要翻新、升华，或者反其意推出新境。毛泽东生前特别喜欢诗词唱和，不仅与柳亚子、郭沫若等作了很多唱和，还一时兴起，追和千年前陆游的《卜算子》词，成为千古绝唱。厉有为的这首追和毛泽东《清平乐》词，可谓革命词人的同气相应，不仅艺术技巧高度和谐统一，更在精神层面将原唱的词境进一步衍化翻新。毛泽东在那个战火纷飞的年代，喊出"不到长城非好汉"的壮烈口号；厉有为在如火如荼的改革开放时期，喊出"谋事为民称好汉"的响亮口号，掷地有声，可谓共产党人在不同时期一脉相承的革命精神与坚强意志的完美体现。厉有为在下阕更是切合当前形势，为我们党肃贪打虎的再一次长征助威，对实现 "中国梦"充满信心与期望。所以，从纯艺术层面的感染力到革命浪漫情怀的词作境界，这首词必将成为改革开放以来，代表我们优秀的共产党人心声的一件高质量的词作。也可以想见，同样具有革命激情的"毛体"书法家周鹏飞先生在读了这首词后的激动心情，于是，他又连夜命笔，在完成毛泽东《清平乐》词书法作品之后，激情澎湃地续书厉有为老书记的和词。翰墨飞动，神定气足，一件寄托着共产党人精神追求的作品就这样诞生了！从长征到改革开放，再到廉明政纪，时间跨度80年；从六盘山到延安，从北京到深圳，地理跨度几万里；从老一代共产党人到二代、三代甚至四代共产党人，这件作品凝聚了太多的社会历史文化信息，这种独特的精彩无疑是空前的！

为此，此件书法作品由深圳博物馆收藏很有意义，值得赞许。

2015年12月26日下午，深圳博物馆馆长叶扬代表深圳市从作者周鹏飞先生手中接过这件作品，这件作品从此载入史册。

2015 年 12 月 26 日于深圳

（高胤园，男，山东德州人，资深文艺创作和评论家。）

古今宦海多才子

——喜读厉有为方家《悟牛斋诗词》

◎丹　圣

书翰诗场耕笔牛，挥毫泼墨展春秋。
抑扬顿挫声腔美，歌赋词诗骚客讴。
意境意形涵义邃，唱吟唱咏粹哗悠。
古今宦海多才子，写尽沧桑志未酬。

这是早先我为敬和厉有为同志的律诗《赠深圳老友》而写的诗。追溯中国的文化史，许多著名的诗词家、文化人，大多数来自各个朝代的宦海官场。太远古的咱不说，单表宋朝吧，后人称道的"唐宋古文八大家"，宋朝就占了六大家：欧阳修、王安石、曾巩、苏洵、苏轼、苏辙。此六位都在当时的朝廷中，位居要职。

大家都公认，一切文学艺术的创作源泉，都来自生活。不同身份的作家，对事物的感受认识是不一样的。王安石有一首七绝《登飞来峰》："飞来山上千寻塔，闻说鸡鸣见日升。不畏浮云遮望眼，自缘身在最高层。"此诗哲理性极强，其涵义为站得高、看得远，不怕浮云遮住眼，透过雾霾也能洞察到事物的真相。诗中表达了王安石要把新法推行到底的决心。所以，古代许多身居要职的诗词家写的作品的深度和广度，要比一般人要深远得多。

在《悟牛斋诗词》中，有不少作品是厉有为同志与友人唱和的诗词。比如，陶涛教授读了厉有为的有关作品之后，写了一首律诗：

> 补天有术道行高，炼石熔空路不遥。
> 危局殷忧能启圣，乱棋理顺可增豪。
> 崇邦一片拳拳意，爱党多番挚挚劳。
> 若是权长凌法上，先生宏议水中漂。

厉有为同志次韵酬和了他一首：

> 中华伟业比天高，万里长征不惧遥。
> 挥戟途中埋铁汉，冲锋阵上显英豪。
> 党旗飘洒工农血，干部勤为大众劳。
> 贤聚京城谋大道，岂容果实水中漂。

这两首诗写的是同一题材，但其感情和胆识却截然不一样。陶老师在对作者的爱国为民精神倍加赞扬之余，却又表达出某种顾虑。然而，厉有为同志的酬和诗则意气盎然，他相信为了中华民族的复兴伟业，在党的旗帜指引下，全国人民奋勇向前，万里长征也不怕路途艰辛遥远。

从这个意义上来说，后者诗作的境界显得更高。

2016 年 6 月 20 日

（丹圣，本名李圣夫，江西井冈山人，1936 年生，先后在《深圳特区报》《深圳风采》《特区文学》担任编审。）

读厉有为诗词杂感

（共五首，用新韵）

◎朱安群

（一）

戴月披星岂惮劳，探山觅水解民焦。
车城创业丰碑耸，南海弄潮姓字标。
岁月峥嵘人舞踊，诗情炽烈火燃烧。
甘棠勿翦存遗爱，郧汉高吟埒屈骚。
握发吐哺勤职守，仁民爱物效皋陶。
先生形象何为喻，负轭孺牛鹤唳霄。

（二）

曾是吾乡父母官，有缘深圳睹容颜。
不端架子亲黎庶，关注民生赋召南。
钦尔肩头担重责，瞻君顶上有光环。
扎根生活察民隐，领袖群伦能自谦。
谈艺论诗常促膝，采风留影每骈肩。
云泥等级何须计，霄壤距离可毗连。
"唯大英雄能本色"，先生当此应无惭。

（三）

我赠先生三句话

（一句）做官能与民做主，不打官腔讲民话

民生大计肩头担，万户饥寒心里挂。

南水北调悯移民，三峡隐患愁大坝。

常念"苦命"农民工，身蜷蜗居修广厦。

进难立足退无业，悬起葫芦当钟打？

更怜越境偷渡客，逃港只是做牛马。

应思苛政猛于虎，为何舍命也不怕？

（二句）老干不写"老干体"，推开陈套出新话

他人报喜不报忧，厉公敢评也敢骂。

美刺自主作思考，权钱交易痛鞭挞。

"黎庶浮舟亦覆舟"，塞洞补漏救"诺亚"。

"民主民生待运筹"，专制口诛又笔伐。

"谁该先富"动天问，昏官庸吏谁敢答！

广州亚运何豪奢，媒体逢迎闹喳喳。

先生独斥当政者，"挥金不惜"为的啥。

撰文研讨所有制，力陈己见忧禾稼。

偏是有人施伎俩，明枪暗箭齐齐发。

栽赃陷害终洗白，身正何惧妖风刮。

（三句）诗家抒感你"抒情"，舒张衷怀说真话

真话有如聚光镜，照见历史多虚假。

放言指点大跃进，"破坏严重损失大"。

深翻土地不翻书，大炼钢铁课停罢。

得失有账终可算，多快好还是少慢差？

举国热昏尔清醒，"逆风壮汉"真堪夸。

几曾见亩产十几万，不是粮食称泥巴。

浮夸容易征调急，千百万饥民倒地下。

直面现实不粉饰，诗史秉笔如执法。

断言"人祸"非天灾，掷地有声惊雷炸。

我读真诗识真情，血管水管有温差。

官为民工"诉衷情"，亲民形象愈高大。

读到孤寒宿窝棚，难忍老泪胸前洒。

野人献曝表至诚，顺口溜出三句话。

政比周召诗化南，何须老朽"吹喇叭"。

公平戥秤在人心，璞玉自有连城价。

（四）

诗家灵感首重"悟"，先生所悟重在"牛"：

人生有如牛拉犁，为官应做俯首牛。

诗词结集今行世，书名赫然冠"悟牛"。

经历丰富题材广，咏牛比重列头筹。

书斋借鉴"师牛堂"，以牛为师谱春秋。

诗重抒情引共鸣，先生情结绾在牛。

往事千端常回首，深情每忆小放牛。

曾在"三线"垦山沟，自称"负轭""似雄牛"。

筹建"二汽"造铁马，"东风"放飞千里牛。

诗社谁来执牛耳，恭请先生与筹谋。

日理万机抽余闲，平交儒士唱和稠。

先生原是性情人，滚烫言语励同俦：

"十堰不但产名车，诗社也要出名流！"

山沟果然出名流，深圳来做拓荒牛。

出谷迁乔露头角，改革前沿再咏牛。

先生吟咏牛品德：

勤恳朴实耐苦辛，默默耕耘无所求；

先生表扬牛精神：

吃是干草挤是奶，全部奉献不回收；

先生描绘牛姿态：

紧绷筋骨鞭痕显，挣扎前行总埋头；

先生歌颂牛功绩：

犁田拉车垦荒坡，拉断穷根解民忧。

先生爱牛又悟牛，悟得牛来更爱牛。

共青城里赏飞牛，竞技场合看斗牛。

先生热爱牛艺术，搜得牛品堆成丘。

也曾编辑诗画册，联络师友共唱酬。

特区卅年捐牛雕，金品玉器不私留。

今又馈赠《悟牛集》，悟牛为的是学牛：

"鞠躬尽瘁为大众"，"苦作一生热汗流"。

"悟得牛品多奉献，修得人生少烦忧"。

我劝人读悟牛诗，"我愿人人悟且修"。

人人读诗个个悟，精神境界上层楼。

（五）

卅年从宦不稍闲，立德立功兼立言。

壮志有为风雷厉，纤尘不染节操坚。

杀开血路鹏飞举，冲破陈框境拓宽。

诗集皇皇三大卷，兴观群怨作针砭。

"文革"初期，有为先生离开长春"一汽"，暂别妻儿，只身来到那地图上找不到名字的十堰，以崇高的理想、满腔的热情，立足"三线"，投身"二汽"的"破天荒"实践，同时以"俯首甘为孺子牛"精神，探山路，觅水源，解决职工分居、师资缺乏等诸多社会难题，不但让"二汽"产出东风名车，而且把从前的穷乡僻壤十堰建成了现代化都市。后来又奉调到改革开放前沿的深圳，发扬拓荒牛精神，参加特区建设，随着深圳在国际上的影响日益巨大，先生也名播海宇。

在三十多年的流光岁月中，厉先生扎根两市，深入群众，不忘初心，不改本色，执着坚守，垦土拓荒，同时又笔耕不辍，以鲜活的笔触、朴实的文字，吟唱工作和生活中的灵感和领悟，创作了数以千计的新旧体诗词，为他服务过的两座城市留下了宝贵的青春记忆，其中有不少优品佳作，名言警句（如"谋事为民称好汉""黎庶浮舟亦覆舟"），随着时光的推移，将产生越来越深远的影响。其出版的《悟牛斋诗词》，内容纵横广博，体式多姿多彩，是先生三十多年创作成果的集中展示，也反映了车城儿女和特区建设者的风貌与豪情。在诗人笔下，有现代工商城市的交响，也有传统地域文明的回音；有时代新潮惊涛拍岸，也有古典艺术的流风余韵。无论是山川草木，还是人事风物，都散发着浓郁的生活气息，流露着丰富的人间亲情，包括忆往怀旧的深情和恋乡爱国的激情，诗友来往的交谊，特别是"关注民生"的博大襟怀，闪现着智慧的火花和思想的光芒。是那激情燃烧的岁月激发了先生火热的诗情，先生的诗也以滚烫的热情激荡着世道人心，给读者一种积极向上的精神力量。鲁迅说："血管里出来的是血，水管里出来的是水。"我写"血管水管有温差"，是说厉先生的诗词，来自火热的生活，是有生命的，有温度的，不是无病呻吟，而是有感而发，从为民请命到化民成俗，因而能产生正能量，达到了创作动机和社会效果的统一。

（朱安群，男，江西人。江西师大文学院退休教授，曾任江西省古代文学研究会首任会长。）

青山绿水话当年，和济同舟共苦甜

——拜读厉有为《悟牛斋诗词》

◎周贤鹏

终于盼到厉有为书记的诗词集——《悟牛斋诗词》出版了。这不仅仅是中国诗词界和深圳市的喜事，也是我们湖北省十堰市的喜事。我这里仅就厉书记当年在"二汽"开创汽车产业发展时期的艰难岁月和在十堰市担任党政主要领导期间取得的辉煌成就，以及用诗词艺术记录这些成就的过程谈些个人体会。

厉书记在十堰主政期间，反映在诗词中的重大事件至少有五件：

一是参与"二汽"的选址和建设。当时"二汽"厂址有襄阳地区谷城县石花镇、郧阳地区郧县十堰区和郧县鲍峡区东中西三个方案，最后经过深入勘察，反复论证后，选出了一个最佳方案，即今天东风公司的所在地——十堰市，而十堰市也就此应运而生。据我熟悉的另外一些参与选址的人员说，厉有为同志就此方案的形成起到了至为关键的参谋作用。我们作为乐享其成的十堰市市民是心存感激的。厉书记记录选址的诗词有《菩萨蛮•筹建"二汽"》。

二是解决十堰市市民菜篮子基地的问题。十堰市在与郧阳地区合并之前，只有十堰和黄龙两个区，城区面积狭小。其土地绝大部分为"二汽"工厂，另一部分是城市街道，而当时城区已拥有60多万人口。兵马未动，粮草先行，市民吃菜问题是个头等大事。作为主政官，厉书记看在眼里，急在心里。限于当时行政分割体制，厉书记运用其高度的领导智慧，多次和地、县两级领导协商，在山区寸土寸金的自然环境下，终于在郧县的柳陂镇拿下了三千亩蔬菜基地，不仅解决了十堰市民的菜篮子问题，也充实了柳陂镇农民的钱袋子。厉书记诗词《七律•再访郧县》对此事有详细记载。

三是解决"二汽"及十堰市职工半边户的户口问题。"二汽"建厂初期从河南、湖北招收转业军人职工一万五千人，其家属户口都在农村，两地分居，生活十分困难。尤其是在分田到户之后，矛盾更为突出。原本是集体生产，现在为个体生产，每到春种秋收季节，这些工人还要千里迢迢回家抢种抢收，严重影响"二汽"的生产。有些职工家属来到十堰，因为没有户籍，不能分配住房，也不能供应口粮，生活极度困难。当时的户籍制度十分严格，这个问题也是多年的积弊。厉书记上任后经过多次调研，多次请示汇报，均无法解决。厉书记提出一个中小城市户口改革试点方案，和时任市委书记王清贵商量后决定上书胡耀邦总书记。耀邦总书记非常赞成这个改革方案，做了重要批示，在总书记的直接关心下，终于解决了整个"二汽"和十堰市这部分职工的农村户籍问题，解除了职工的后顾之忧。这不仅是一种改革精神，也是一种开拓创新精神、一种担当精神，更是一种具有德政的领导艺术。其诗词反映在《胡耀邦总书记为百姓解难》中，艺术性地体现了这件大事。

四是解决十堰市防洪经费问题。十堰市和"二汽"建在大山沟里，每条沟的沟脑都建有一个大水库。这些水库筑坝不牢，对"二汽"和十堰城区构成巨大威胁。李先念在任国务院副总理时曾形象地说过，"二汽"头上顶着几十盆水。可见其历史悠久。1975年7月15日和1982年7月29日曾发生大水冲倒厂房淹没街道和菜地等灾难。此问题直到厉老任市长时才以他和书记的名义给国家主席李先念写信汇报，要求解决防洪经费问题。早已了解这些情况的李主席很快就批复解决了经费。十堰和"二汽"当时的防洪建设至今还被人们津津乐道。《李先念主席批示解决十堰市防洪经费问题》一诗记录了此事的经过。

五是招贤举措。作为因"二汽"而建的新兴城市，十堰不仅其他困难重重，人才问题更是先天不足，尤其在教育、工业、科技、医疗上缺乏技术骨干，严重影响人心稳定。厉书记对此深感忧虑，于是市委市政府决定采取"三不要"（即不要人事档案关系、不要户口关系、不要粮食关系）的办法，大量招聘外地大城市的优秀教师到十堰任教。此一高招吸引了全国许多优秀教师来到十堰，从而振兴了十堰市的教育事业，并使十堰市在各方面建设有了长足发展。这一举措不仅需要改革勇气，更需要有担当精神。此事反映在《关广富书记为我解难》一诗中。

厉书记的领导才能不仅体现在经济建设和城市建设方面，精神文明建设也体现了厉书记的统帅之才。在他主政十堰期间，早就在谋划十堰市的精神文明建设。如：全国当时还没有几个地级市创办诗词学会时，他就把我约到他的办公室，向我指出："十堰市作为一个新兴的工业城市，经过多年努力，在经济建设方面已经取得了很好的成绩，但在精神文明建设方面还比较短腿。我们能否建立一个和政协一样，联系'二汽'、郧阳地区和全国方方面面知名人士及社会贤达的文学艺术组织，来传承文明、推动十堰的精神文明建设？"厉书记的指示，为十堰市诗词学会的发展指明了方向。不仅如此，厉书记还在我们市诗词学会成立的请示报告上作了热情洋溢的批示。十堰市诗词学会有今天的大好局面是与厉书记的直接关心重视分不开的。

我至今还难忘，1989年5月6日，厉书记亲自参加了市诗词学会成立大会，在大会上，他当场赋诗，并赢得了热烈的掌声。厉书记还当场代表市委、市政府和"二汽"厂长陈清泰同志向前来祝贺的湖北省诗词学会常务副会长兼秘书长王精忠同志表示盛情邀请，希望省诗词学会在国庆节期间和市、"二汽"共同举办十堰市建市、"二汽"建厂二十周年"双庆活动"。省诗词学会领导欣然赞同，并将活动命名为"金秋双庆诗会"。之后，厉书记还召开市委常委会议专门安排这项工作，并以市委常委会议纪要的形式，下发给市"四大家"和市直各有关单位积极筹备。是年国庆金秋诗会在市委招待所隆重举行，中华诗词学会、省文联、省诗词学会和一些兄弟省诗词学会共200余人也应邀前来参加活动近一个星期。省政府、省军区还发来贺信，央视、《湖北日报》、湖北电视台、湖北广播电台和武汉市的新闻媒体争相报道。市、"二汽"、郧阳地区领导都始终参加，省、市书画家争相献艺，诗词大家踊跃吟诗，省歌舞团及市文艺工作者也登台表演助兴。

其时，厉书记已升任湖北省政府副省长，因公务繁忙未能参加，特地发来一首五绝祝贺："橘红染重阳，东风飘桂香。车城兴诗会，喜祝二十双。"此次活动不仅对全省尤其是十堰市的精神文明建设起到了至关重要的推动作用，而且提高了十堰市对外的知名度。在历届市委、市政府的传承和发扬光大下，十堰市也连续五届获得"全国文明城市"称号的殊荣。

十堰人民都怀念这位老书记，说他是一心为国家、为百姓解难分忧，而不顾个人得失安危的好书记。

人们大都知道，厉书记是小平同志南行时深圳市的主要领导之一，是一位很有魄力的改革家，是改革开放三十周年时上榜全国的改革风云人物，却很少有人知道他还是一位极富激情的本色诗人。他的诗词无论是从艺术上、思想上看，成就都很高。尤其难得的是其诗词记录了他所经历的大量历史事件，可以毫不夸张地说，《悟牛斋诗词》称得上是一部史诗性的著作。本人作为一名厉书记主政十堰时取得辉煌成就的见证者，和厉书记关心十堰诗词学会发展的直接实践者和受益者，特为厉书记诗词的出版敬贺七律二首：

一

眼前闪亮喜逢春，拜读公诗倍觉亲。

四野鲜花香大地，万张笑脸感深恩。

吐丝尽责明公胆，燃炬还情赤子心。

每忆当年君教诲，暖流奔涌热浑身。

二

胸包万象太空深，日月星辰运在身。

剪彩编诗成锦绣，投身革命葆青春。

回看满册光辉史，未负平生火热心。

最是弄潮南海上，举帆冲浪率千军。

（周贤鹏，男，湖北省十堰市人，中华诗词学会会员、湖北省诗词学会常务理事、十堰市诗词学会会长兼秘书长，多次在诗词大赛获奖。）

读《悟牛斋诗词》有感

◎ 施裕民

厉公历任深圳市市长、市委书记之时，电视、报纸上常见。但那不算认识，我只知道是一位官员。初次听闻厉公有经天之志，有纬地之才，是从收到吉增伯老师送来的《悟牛斋诗词》开始的。从这本诗词集里，我读懂了厉公的牛的情结，以及他以开荒牛的精神带领特区建设的气概。

我与厉公初次见面，应当是在长青诗社组织的大鹏采风之行。他的平易近人让我由衷感动，从他上车的那一刻起，听他在车上的健谈，到东山寺的礼佛，再到大鹏采风的发言和题字，无不一一给我留下深刻的印象。也从那次起，我知道了厉公是一位不但政绩斐然，而且文质彬彬、有抱负理想、有人文情怀的领导。

收到吉先生送来厉公亲笔赠送的诗词集时，我是大吃一惊的，想不到厉公在公务繁忙之余，竟有如此丰硕的文学作品，足见他政务之余是如何的勤耕不辍。

怀着这样的一份敬重，我粗略地翻阅了厉公作品。厉公作品内容涵盖甚广，其中"深情"是一大彩笔。作品体现在对故人、友人、老师、同学、亲人甚至乡亲父老、农民工等进行怀旧、酬和、咏赞，无不真挚情切。其次是以牛自喻，咏牛、赞牛、写牛、牧牛、怀牛等，彰显一种"脚踏实地、鞠躬尽瘁、勤劳奉献、开拓进取"的时代精神。"悟牛斋"斋名是他浓缩的恰当表现，重彩之处，是他对社会建设的有为讴歌、对时弊的针砭，以及不随波逐流的"牛脾气"。

下面我想从诗词的角度，挑选两首作品来解读厉公的人文情怀。厉公的诗作通俗易懂，语言质朴，但意深境长。慢慢品读，有如饮一杯陈年老茶，沁人心脾，醇香萦绕。

厉先生的诗也富含哲理，逻辑性特强，常常以一字或一词便点醒世间蒙昧，极具说服力和正能量。

翻开诗词集，顿觉琳琅满目，包罗万象。我尤喜他的咏物之诗，厉公不用绮丽词藻，也不用学獭祭鱼，却力度铿锵，寄志于物，托物言志。更难得的是那一种意在言外之写法，令人赞叹称绝！

先看《咏梅》：

傲雪凌霜非己愿，青神委命报春天。
铮铮铁骨多磨难，待到冰消苦也甜。

宝剑锋从磨砺出，梅花香自苦寒来。宝剑的刃锋如果不经过磨砺，必定不能成为利器；而梅花不经风欺雪妒自然也不可能傲然挺立、幽香凝就！厉公此诗不写香，重点写出了梅之傲骨，铮铮不屈，饱经磨难，待到了春泉破冻，冰消雪化，最后傲然化成朵朵幽香。这过程是从苦向甜，一步一步走过来的，寄意于人生在世，若想成就一番事业，都需经过种种磨难，告诫人们如果没有辛勤的汗水和坚韧的毅力，就不可能熬到冰消雪化之时，收获幽香四溢的喜悦。

再读《牵牛花》：

> 万苦千辛向上爬，曲藤紧抱树枝桠。
> 阴生正喜容颜好，一阵风摇殒落花。

此诗用通俗易懂的文字描写了牵牛花的生长习性，四序轮回。但细细读来又是另一番滋味。"万苦千辛向上爬"似乎暗喻着某种追名逐利的手段，煞费苦心，使出浑身解数。"曲藤紧抱树枝桠"应该是指不惜扭曲自己的人格与灵魂，不知廉耻地攀附寄生。"阴生正喜容颜好"写出了在这阴暗之下，竟作沾沾自喜状，不可一世狂。"一阵风摇殒落花"这一句便是全诗最神来之笔！厉公用一针见血的笔法写出此等阿谀取荣的最终结局，如诗中牵牛花一般，经不住一阵过风摇曳，便会花落局残。

《随园诗话》之"诗贵深意"中曾这样评诗：诗无言外之意，便同嚼蜡。读厉公此诗，就能深刻体会到"意在言外"之妙绝之处，此诗如警世长钟，发人深省。

（施裕民，男，1966年生，海丰县梅陇镇人。现为深圳诗词学会会员、中华诗词学会会员、深圳书法家协会会员、深圳美术家协会会员。）

读厉有为先生《悟牛斋诗词》有感

◎李经纶

厉有为先生是我国改革开放的践行者，曾主政深圳多年，政绩斐然。厉有为先生有诗人气质，钟爱中华诗词，从政之余，创作出大量诗词作品。特别是他功成身退之后，回首平生，践履山川，诗兴就更浓了。他喜欢用诗体形式，叙事言志抒情，凸显他的世界观、价值观、道德观，寄托他的情怀。他一向自喻为牛，我觉得颇有意思。且看他的《牛缘》诗："半生风雨亦坦然，往事欢愁转瞬间。笑我如牛痴笨拙，为民无憾结牛缘。"好一个"痴笨拙"，痴而笨，笨而拙，活现出作者的性格、性灵、性情，一位东北汉子的形象呼之欲出。我认为，此诗直诣机心，了无挂碍，堪称作者的代表作之一。

《悟牛斋诗词》中的好句尚多，如：

江山永固凭牛马，万里春风到垅头。
人间世道多掺假，只有牛途总认真。
金银财富人拿去，老卧残阳病苦吟。
孺子无门图报国，贪官有路步青云。
官场明兴龙虎斗，权钱暗易鼠狐交。
工农先富无门径，官吏敛钱有铲刀。

这类诗句，不假辞色，直言无忌，正气凛然，读来令人百感交集。

通观厉有为先生的《悟牛斋诗词》，有一种总体感受，那就是："不以物喜，不以己悲。居庙堂之高，则忧其民。处江湖之远，则忧其君"，作者的精神境界与古代先贤范仲淹是一脉相承的。我国传统文化中最重视三立，即"立德、立功、立言"。《悟牛斋诗词》无疑是作者的"立言"之作的重要组成部分。

厉有为先生已届80高龄，我还特别注意到厉先生的《思念家乡》这首诗：

半生漂泊半生忙，一路奔波一路徨。

大海漩涡风浪里，小溪清澈是家乡。

是啊，漂泊、彷徨、漩涡，人的大半生，就这么过去了，只有梦中奔流于芳甸之中的清清小溪，才是诗人的精神栖息地。诗的情感跌宕起伏，艺术语言鲜活，高度概括了作者平生的丰富历练；语近情遥，寓意深长，表现出作者鲜明的个性与人格魅力。

最后，我想强调一点：我们在领略作者的诗歌精神的同时，也要感知《悟牛斋诗词》的资政之用。历史是凝固的现实，现实是流动的历史。历史总是靠有为之人创造的，此中有深意在焉。

（李经纶，男，全国中华诗词学会理事、广东中华诗词学会副会长、广东中华诗词评论委员会主任。）

身献改革，心贴百姓，情洒诗苑

——厉有为《悟牛斋诗词》赏析

◎徐冰云

《悟牛斋诗词》正式出版、隆重发行，笔者有幸认真展读，顿觉一股清新的气息迎面扑来，深感诗人身献改革的激烈壮怀，心贴百姓的公仆风范，情洒诗苑的儒雅神采，禁不住临屏击键，倾抒读后之感。

血路

当年改革弄潮头，朝气蓬勃热血流。

血路求生图报国，阳光普照拓荒牛。

此乃一首身献改革之作，是一首充满时代气息、豪情横溢的七言绝句。

厉老书记是一位令人瞩目的政治改革家，正与他的名字一样，雷厉风行，敢于作为，大有作为。当中国改革开放的总设计师邓小平在祖国的南海之畔画了一个圈，而老书记就曾是这个圈里拓荒牛群的领头牛，辛勤耕耘出一片充满诗情画意的天地，艰苦开拓出一个崭新的世界，奋力创造出一派辉煌的愿景！

此诗开篇运用追述之笔，采取比喻修辞法，以潮头比喻改革开放的前哨，再现一幅当年开创改革开放新天地、波澜壮阔的雄伟画图。诗中一个动词"弄"，表明诗人是亲身投入与参与、亲身体验与感受、亲身拼搏与奋斗，将诗人挥洒自如的卓尔风姿与敢于开拓、敢于创新的豪迈情怀充分展现出来；承句以热血之鲜活意象，令人心灵为之震撼，精神为之振奋，豪情为之澎湃；转句点明题旨，以血路之鲜明意象，并连用"求、图、报"三个动词，将政治改革家的雄伟气魄与壮烈的报国情怀抒发得淋漓尽致；结句运用比喻修辞法，以阳光借喻党的光辉指引，借喻改革开放的辉煌胜利，以拓荒牛借喻奋斗在改革开放前沿阵地的辛勤开拓者，借喻挺立在时代浩荡潮流风口浪尖上的艰辛弄潮人。

　　此诗对暗示创作法亦运用自如，发掘出来有三层信息：其表层信息，乃描写血路，再现血路的形象特征；其里层信息，血路乃诗人求生报国之路，乃追述诗人当年启动改革开放序幕、艰苦拼搏奋斗的峥嵘征程，这是诗人个性的表现、心灵的自白、生命轨迹的投影；其深层信息，血路，是鹏城改革开放之路，是中华民族追梦之路，是伟大祖国走向繁荣富强之路！

　　　　"中国（上海）自由贸易试验区"挂牌有感

　　　　二十年前论自由，相加棍棒辱和羞。
　　　　阴霾纵盖京畿愧，暴雨横流国士忧。
　　　　自贸旌旗飘上海，雄飞龙凤跃神州。
　　　　潮流浩荡谁能挡？历史波澜颂国瓯。

此诗首联运用典型引发法，以回忆之笔，描述"棍棒""辱羞"这些怵目惊心、极具典型性的意象，引发读者对当年那场残酷、荒谬论争的深刻反思，并蕴含诗人悲愤而沉痛的感情；颔联采取比喻修辞法，以阴霾、暴雨之晦暗天象，借喻政治风云的险恶与诡谲，亦透露出诗人忧国忧民的志士情怀；颈联笔锋顿转，运用意象叠加法，两个动词"飘"与"跃"，使两组叠加的意象顿时运动起来，变成两组清新明快、具有流动感的鲜活意象，传达出一种昂扬奋发、蒸蒸日上的氤氲，营造了一个与诗人当时的心境和诗作所要反映的境界全然吻合的氛围，产生强烈的艺术效果；尾联采取问询艺术法，问得灵动巧妙，问得铿锵有力，问得耐人寻味！结句诗人健笔飞扬，运用尾巴高翘法，以潮流、波澜之恢弘意象，高扬情感，点燃主旨，对全诗作感性与理性的总结与升华。

这是一首再现当年政治风云的恢弘史诗，这是一首灵巧运用比兴手法的艺术佳品，我也完全赞成周笃文先生的评价，这是一首"体现了厉公成功不必在我的大度与远识"的倾情之作！

烛影摇红·打工者的窘境

月上天穹，海边浪涌清清冷。凉风摇树响沙沙，灯照双人影。漫步轻盈曲径，并肩行、相心许永。论婚谈嫁，海誓山盟，涛声作证。

回到工棚，熄灯暗暗无人醒。悄悄爬铺有微声，当是更深静。虽盼光明美景，但思忖、佳期怎定？寄居何处？答案无踪，听天由命。

此乃一阕心贴百姓之作，是一阕体恤人民疾苦、紧贴地气的感人词章。

诗人聚焦于一对打工恋人的窘境，真实地反映底层百姓的爱情生活，揭示出改革开放后随之而来的一个应当引起重视并亟待解决的症结难题。

上阕运用白描艺术法，以简练的笔墨、朴实的语言，先写月夜海景，扬起风韵，后写打工恋人，传出神采；同时，采取叠字反复法，两对双声字"清清"与"沙沙"，匠心独运，绘声绘色，叠出了月夜海边的清冷之景，叠出了情侣相恋的幽静环境；然后，以双人、漫步、并肩、相心、许永、海誓、山盟等意象，将一对热恋情侣的典型形象描绘得惟妙惟肖，生动逼真。

下阕写工棚，先用叠字反复法，两对双声字"暗暗"与"悄悄"，叠出了工棚的静境，叠出了情侣的动态；后采取问询艺术法，将打工情侣的心理活动刻画得何其细腻、何其到位、何其真切也！结句一声感叹，抒发出诗人想底层百姓之所想、急底层百姓之所急的独特情怀，从中我们似乎感到了诗人深深的焦虑与忧郁，我们仿佛听见了诗人心中的热切呼吁与呐喊，我们犹如听见了诗人试图为底层百姓排难解忧的心声。

赠五朵金花

奇葩偏向韵园开，五色香凝引蝶来。
借问金花谁手种？秋华春草易安栽。

此乃一首情洒诗苑之作，是一首弘扬国粹、振雅扬风的婉约佳篇。

厉有为在深圳这个改革开放的前沿阵地，尽展改革家的非凡风采；而对中华传统文化，他也情有独钟，倾注满腔激情。长青诗社的吟旌之所以能猎猎作响，是因为有其坚强的巨臂扶起；鹏城韵苑的长青藤之所以能浓荫掩映，是因为有其殷殷的心血浇灌；深圳的诗林词树之所以能如雨后春笋般遍地涌现，是因为有其晶莹的心露滋润！

当长青诗社满庭芳女子分社成立后，他即深切关注和热忱支持。他曾即兴赋出一绝，将满庭芳女子诗社最早的五名成员，喻为五朵金花，其赞美之情，溢于言表。

此诗前两句展开形象思维的羽翼，运用借喻修辞法，起句将满庭芳女子诗社的成员喻为韵园的奇葩；承句"五色香"乃借喻最早加入诗社之5名巾帼成员各自具有不同的气质素养与个性特点，形象而贴切；后两句乃采取问询艺术法，以一问一答的形式，充分表达出作者的赞美之情。同时，句中还灵巧运用博喻修辞法，以金花、秋华、春草等多种美丽意象，比喻诗社之五名巾帼成员；结尾采取古典引用法，妙无痕迹，"易安"，指南宋著名女词人李清照，其号易安居士，作者借此对满庭芳女子诗社5名成员赞美有加，并寄寓无限希望。

（徐冰云，男，中华诗词论坛高级顾问、特约评论导师，深圳诗词学会顾问，长青诗社荣誉社长，《长青诗刊》《中华诗赋》执行主编。）

人民的公仆　拓荒的憨牛

◎吉增伯

一

有为先生在深圳任市长、书记时，已经在银屏上"认识"。但真正结识有为书记还颇有戏剧性，在一次诗友聚会时，一位诗友说："厉书记说话很有韵味，很能写诗。"言者无意，听者有心。当时（2009年）正是长青诗社筹建的前夕，我请朋友帮忙找到厉书记的联系方式，冒昧邀请他当长青诗社的顾问。第二天就收到厉书记的信息，他欣然同意，并附上一首小诗："云端飘来一群仙，似曾征程已谋面。桃林植树同浇水，满园花开赏诗篇。"

陶社长和我马上各奉和一篇，陶涛和曰："莫道吟朋面未谋，诗心一点便通幽。当年发展高科技，陷阵冲锋您领头。"

我和曰："各显神通过海山，腾云驾雾落桃园。披荆种下桃千亩，花果可诗晚照篇。"

即刻就收到厉书记的赓和："人未谋面诗已筹，可敬可爱众诗友。当年共谋深发展，而今同乐孺子牛。"

陶涛再和："我们都是孺子牛，岁月如歌史册留。小小渔村震天下，开天辟地您为头。"我再和："未曾谋面成诗友，忆旧情怀话不休。遥想当年闯深圳，而今奋笔写春秋。"

以后唱和不断，短信往来频繁。他在给我的一次短信中说："增伯，我不甚通晓，只是随心而为，还望诗友帮助弥补提高，我要努力学习。"这让我特别感动，一个高级领导如此谦逊好学，很是罕见。我随即找了许多工具书送他。现在读到他的《悟牛斋诗词》，足以让人惊呆！有为先生孜孜不倦地学习，他公务繁忙，能写出这么多脍炙人口的诗篇，让我很佩服！很难得！

2009年12月24日深圳市长青诗社在凯歌声中宣告成立，有为先生因出国访问，未能出席成立大会，热情地发来贺诗：

"人生易老艺常青，诗社妙聚老顽童。吟咏拓荒高节亮，齐歌正义好诗风。"并附言："增伯，我热烈祝贺诗社成立，责无旁贷支持！祝诗友们健康吉祥！"可见有为先生诗心不老，热情洋溢！老领导刘波先生对我说：小小诗社，有第一把手支持，不简单，不容易，很难得！所以我们一直非常珍惜有为先生的崇高情谊，唱和厉书记的贺诗一首作为答谢："钟情国粹聚长青，吟唱推敲似学童。盛世岭南花更美，关怀胜过送春风。"

翌年新年，长青诗社在天天渔港举办新春诗会，有为先生应邀出席，一进门就呼唤：增伯！增伯！从此我与有为先生握手言诗，唱和不断。有为先生是勤政、好学、谦恭的老领导，待人真诚的好诗友。

二

有为先生的诗词特别有深度，绝不无病呻吟。我感觉他特别得意之作首推《血路》。这首诗真切地写出了一个拓荒牛的艰辛和必须承担的痛苦：

风口浪尖弄潮头，改革必伴热血流。
血路杀得伤遍体，夕阳染红孺子牛。

诗人在主政深圳期间写下了不少壮丽诗篇，讴歌深圳在改革开放的大潮中翻天覆地的变化，如《鹧鸪天•深圳感怀》：

风雨飘摇小圳村，雷鸣电闪外逃民。画圈一笔民心聚，巡视千言气象新。
城舞日，厦凌云，鹏飞赤县转乾坤。龙翔万国和平使，凤转梧桐富裕奔。

又如《荆州亭•这里是家乡》：

岩岸拍空涌浪，天海宇声雄壮。一路伴阳光，我与自然合唱。
鸥鹭展开翅膀，红树林中来往。这里是家乡，变革放飞希望。

　　有为先生对牛情有独钟。他从世界各地收集1500多头各式各样的牛雕，以及牛字、牛画、牛绣，他特别喜爱潘鹤先生的拓荒牛雕塑。这些宝贝他无偿地捐献给了国家，现存深圳档案馆。我有幸去档案馆参观，真是洋洋大观，令人惊叹！所以他的牛诗特别多，特别精彩。他在原韵奉和金文正先生时，一口气写了16首关于牛的诗篇。其中一首《笨牛》表达了作者的心声：

　　　　　　笨牛笔作枪，战斗在南疆。
　　　　　　只晓民生乐，更图国富强。

又如《牛缘》：

　　　　　　半生风雨亦坦然，往事欢愁转瞬间。
　　　　　　笑我如牛痴笨拙，为民无憾结牛缘。

　　有为先生对打工一族特别同情，一直关注这一弱势群体。他曾撰文提出去掉"农民工"的称呼，不要歧视他们。在他的诗篇中，更是对打工一族寄予深深的同情和厚望。长篇叙事诗《别再叫我们"农民工"》用深切的同情、亲切的关怀，呼吁改善他们的状况。九首《打工者的路》记述了打工者的艰辛，其中一首为：

　　　　　　少小离家千里外，何时知晓再归来？
　　　　　　双亲泪眼门前望，步履蹒跚望雁回。

有为先生用诗词记述他走过的拓荒之路，充满了奋斗、艰辛和困惑。先生赠送我一套《拓荒之路》相册，诗文与画面辉映，趣味横生。回眸走过的拓荒之路，有为先生一定感慨万千。从《接到调令之后》到《十堰抒怀》《武当迈步从头越》《改天换地乐筹谋》；从《高阳台·忆参加"二汽""三线"建设》到《菩萨蛮·筹建"二汽"》；从"一声令下，千帆竞比，马不停蹄""当年山路鞋磨破，建筹'二汽'一团火"，到在深圳当拓荒牛群的领头牛……

三

有为先生的诗词集中不乏亲情、友情、忆旧、揽胜、寄怀的佳作，感情很浓烈。

体现亲情的如《江城子·母亲节扫墓》：

鹏湾浪涌雪连天。泪如泉。语呜咽。永离十载，常绕梦魂牵。"效力人民休忘本，群众事，放心间"。

男儿牢记母之言。不偷闲。上征鞍。为公舍己，奋不顾身前。雨雨风风身隐退，民富裕，母应安。

体现友情的如《别友人》：

一生难得有知音，并肩携手献青春。
富民何惧荆满路，兴邦哪怕虎狼群。

春蚕不死丝未尽，蜡炬正燃泪伴魂。
共誓为国犹在耳，天涯各赴献此身。

揽胜的有《过夔门》：

三峡由此入，两岸峭峰巍。
蜀地夔门险，瞿塘落日瑰。
轻舟临绝壁，众首举惊眉。
正待光圈对，瞬间位不回。

四

有为先生身居高位，心系百姓，平易近人。他带我们游览红树林，在深圳湾观光，和我们一道去大鹏半岛采风……对诗友的关怀，真让诗友们非常感动，感到非常荣幸。让我们携起手来，为弘扬、继承和创新国粹中华诗词一起奋斗！

最后以小诗结束我的文章：

杀开血路路难行，诗赋洋洋多泪痕。
朝夕耕耘甘受苦，一生愉悦又艰辛！

（吉增伯，男，1940 年生，江苏南京人，现为全球汉诗总会深圳分会会员、深圳长青诗社常务副社长兼秘书长。）

浅析厉有为先生诗词的
时代精神和爱民襟怀

◎ 王敏健

　　一切艺术都要倾向于诗，她比音乐深一层内涵，她比抽象美更富思想深度，拨人心弦。众技皆求归于艺，诗就在艺之堂奥。一位诗人如果解决情赋何处，如果为民众呐喊，他的作品就能以"一滴水反映太阳的光辉，一首诗反映一个时代"的能量在历史长河中永恒。

　　厉有为先生以屈原、杜甫的爱国忧民精神融入诗，以古老的传统文化承载时代气息，让诗词插上现代的翅膀。

　　厉有为先生的诗是政治诗，也是抒情诗，充满正能量、民族风、现代感。他敢于写大题材，敢于触及深层次的政治题材；他的作品格调昂扬，气势恢弘，鼓舞士气，激励斗志。他传达的是一种积极健康、乐观向上的态势。他的抒情的一面是继承现实主义和浪漫主义相结合的传统，赋比兴，音形义，对偶、排比、回环、复叠，一咏三叹，宜颂宜歌。

　　他的诗是一首首激情的政治抒情诗，读起来能让人激情澎湃、心情愉悦。政治抒情诗要背靠重大事件才能有生命力，厉有为先生的诗作以改革开放为主题，以中华民族的腾飞为背景，讴歌祖国，讴歌人民，鞭笞贪官污吏，针砭社会时弊，充满时代活力。

他的作品内容既有广度，更有深度，谋篇布局大，而切入点却小。好的诗歌就是刻画一个宏大的主题，而着眼于一个小的镜头，充分铺垫生活细节，从细微处渲染人类的情感。对于政治抒情诗而言，好的着眼点就是大题材、大领域、大手笔。厉有为先生以牛作为比兴，歌颂在改革开放中的踏着小平同志所指的道路犁瘴拓荒的共产党员和人民群众。

一、反映时代的大手笔

以下选出几首歌颂拓荒牛的诗词，诗中的牛是拓荒者的写照，也是千万共产党人和人民的写照。

1.《咏牛》：

模范标杆尊上臣，缺柴少米不嫌贫。
终身不叫一声苦，传世酬劳几代人。
虽任鞭笞无怨恨，漫吟痛苦守嶙峋。
人间世道多掺假，只有牛途总认真。

起句定位牛为上臣，不求物质享受；中二联写牛的勤奋，忠贞；尾联感慨世道，又反衬牛的坚定不移的信仰。

2.《斗牛》：

四蹄跳跃展雄姿，万众凝神注目时。
勇士狠心急下手，淋漓血溅惹深思。

起联描绘斗牛的生动形象，转结深邃，实际是写改革开放之路途艰难。

3.同韵奉和王敏健老师《恭贺拓荒牛与千里马画展》：

> 苟利黎民生死以，特区涌现拓荒牛。
> 江山永固凭牛马，万里春风到垅头。

该首起句化用林则徐诗句"苟利国家生死以，岂因祸福避趋之？"（林则徐《赴戍登程口占示家人》），假如对国家有利，我可以把生命交付出来；难道可以有祸就逃避，有福就迎受吗？春秋时郑国子产受到诽谤，他也说："苟利社稷，死生以之。""苟利"二句是林则徐最喜爱、经常吟咏的诗句。

厉先生此诗融典无痕，化用林句表达心迹，而转结为江山永固，是何等的气势！

4.《负重耕牛》：

> 负重耕牛特有神，犁铧步步印蹄深。
> 金银财宝人拿去，老卧残阳病苦吟。

5.《八声甘州·深圳拓荒牛雕塑》：

> 洒一腔热血去耕田，负轭沐晨光。奋蹄原野上，力雄气壮，志气昂扬。拔掉穷根山倒，骤雨拓蛮荒。步步留深印，总向前方。

双角一挑城起，四蹄降魔魑。崛起南疆！路新凭开创，血汗铸华章。起高楼，摩云亲月，建园林，亭榭韵悠长。莲山上，伟人开路，阔步铿锵。

该首气势磅礴，铺垫有序。描写了深圳的拓荒牛沿小平足迹踏开血路，歌唱春天故事的动人场面。

6.次韵王敏健老师《早春感怀》：

梅骨琴心醉月痴，柳魂瑟魄感天时。
轻风拂面三更梦，细雨抒怀一幕诗。
油菜伸腰呼日朗，笋尖露脸唤泥湿。
案头执笔千言少，天下兴亡满墨池。

此首的转结堪称妙笔，在早春时节，诗人想到的是天下兴亡，充分体现了一位党的高级干部的襟怀。

二、纯朴、可贵的爱民情怀

"文章合为时而著，诗歌合为事而作。"孔子曰："诗可以兴，可以观，可以群，可以怨，迩之事父，远之事君。"古诗词在中国有着悠久的历史，我国第一部诗歌总集《诗经》距今已有两千多年。古诗词历来为人们所喜爱，因为古诗词里蕴含着作者丰富的思想、高尚的气节、豪迈的气概、超人的智慧，亦表达了纯朴、可贵的爱民情怀。历代诗家名作中不乏此类作品。以下我们来分析历有为先生的几首作品。

1.《烛影摇红•打工者的窘境》：

　　月上天穹，海边浪涌清清冷。凉风摇树响沙沙，灯照双人影。慢步轻盈曲径，并肩行、相心许永。论婚谈嫁，海誓山盟，涛声作证。

　　回到工棚，熄灯暗暗无人醒，悄悄爬铺有微声，当是更深静。虽盼光明美景，但思忖、佳期怎定？寄居何处？答案无踪，听天由命。

我们不由得想起"安得广厦千万间，大庇天下寒士俱欢颜"。这是出自杜甫《茅屋为秋风所破歌》中的诗句。表达了诗人同情百姓疾苦，期待"广厦千万间"，让"天下寒士"能避风雨，居有其所。

厉有为先生在他的词作中为社会弱势群体大声疾呼，有情人因为无房不能相守的困苦，在诗人笔下有所反映。

2.《烛影摇红•别情》：

　　人影无踪，水隔浪涌帆樯动，佳期无限路迢迢，心猛然沉重。盼转回头似幻，唤声声、情真意送。泪流如注，待到何时，相拥与共。

　　烛暗摇红，笔横纸上心潮涌。猜他与我遥相望，千里相思种。红泪应当作证，烛燃残、余辉入梦。夜风凉浸，慢步街庭，别情谁懂？

我们想起"长太息以掩涕兮，哀民生之多艰"，这是出自战国时期著名诗人、楚国大夫屈原《离骚》中的诗句。屈原怜悯百姓的生活充满了艰辛。厉有为先生的词触及一个大的社会话题——大量民工进城务工，他们的妻儿在家乡苦苦等待，相思之苦、离别之苦有谁知？

3.《清平乐•寻路》：

公平何处？迈步无行路。明了公平无去处，怎么追求无数？

一腔热血奔流，无需鞭策耕牛。奋力前行寻路，为何永不回头？

当前社会贫富悬殊，对于一般百姓，"公平"二字何以谈起？此首反映了诗人强烈的政治责任感和心系时代发展的博大情怀，令我们想起屈原的名句"路漫漫其修远兮，吾将上下而求索"。

4.《凤凰台上忆吹箫•打工者中秋团聚后》：

昨日中秋，今宵时候，凭栏眺望难留。大道无人影，笑靥难丢。我欲同舟归去，难如愿、暗自独愁。声声叹，西移月远，只剩空楼。

悠悠，梧桐叶落，飘流莽原中，无止无休。梦境寻他去，江水东流。虽有艰难险阻，风雨路、绝不回头。潸然泪，衣襟透湿，独立孤舟。

该作讴歌打工一族，摄取一个特写镜头，中秋团聚后再分离。情景交融，如诉如泣，寄托了作者的一片深情，体现了诗人伟大的爱民情怀。

我于2009年有幸和厉有为先生认识，他酷爱诗词，但当时他不熟悉格律，我通过手机和邮件跟他交流探讨诗词，他很谦虚，称我为老师，每次邮件的内容他打印后认真阅读思考，创作热情非常高。他丰富的阅历为他的诗词创作提供了大量素材，而且善于思考，使得他的诗词有深邃的内涵，有"一滴水反映太阳的光辉"那样的能量。

（王敏健，女，江苏苏州人，东南大学毕业，自幼热爱诗词。现为深圳诗词学会副会长，《深圳诗刊》副总编辑，满庭芳女子诗社社长。）

厉有为《悟牛斋诗词》读后

◎ 欧阳鹤

华章展阅豁吟眸，风雨征程逸韵留。

车市新城领头雁，特区血路拓荒牛。

今欣骏马驰天下，更喜商缘达海陬。

官品清廉诗品正，书生报国愿终酬。

（欧阳鹤，男，字子皋，1927 年生于湖南长沙，清华大学毕业，长期从事电力建设和研究，高级工程师。中华诗词学会顾问，《中华诗词》副总编，轮值终审。）

《悟牛斋诗词》读后敬题一律

◎刘麒子

革命何曾有尽头？为之奋斗谱春秋。

民衷国运披肝胆，正气文心射斗牛。

魂系特区留履迹，情倾南粤觅芳洲。

喜看雨露盈肩后，笑话当年骋远眸。

二〇一六年丙申端午前十日

（刘麒子，男，1943年9月生于广东揭阳，退休干部。诗人、书画家，中华诗词学会顾问、中华诗书画委员会副主任、中国楹联学会顾问、中国书画研究会副会长、《中华诗词》编委。）

读《悟牛斋诗词》咏赞

◎郭德银

乘舟南下弄潮头，俯首何妨做悟牛。
书案勤批千阅字，丹心维系万民愁。
清名元就非虚得，风骨由来是自修。
三卷诗词珠玉列，情怀隽永子孙留。

（郭德银，男，安徽人，退休干部。现为深圳市绿色基金会副理事长。中国楹联学会会员，中华诗词学会会员，深圳诗词学会常务副会长。）

《悟牛斋诗词》付梓题咏

◎陈继豪

肩承日月拓荒牛，矢志兴邦妙运筹。
韵起鹏城诗浪漫，莲峰回首尽风流。

（陈继豪，男，中华诗词学会会员、中国楹联学会书法艺术委员
会委员、深圳诗词学会副会长。）

读厉有为先生《悟牛斋诗词》感怀

◎郑朝权

一

雅卷清风拂案前，耳目一新观文澜。
腹有诗书谈笑朗，始信今贤胜古贤！

二

风雨耕耘六十秋，阅历深深君放收。
汗润泥土香翰墨，词湖诗海任荡舟。

三

赤子情怀书挚真，行间字里感恩心。
词朴诗纯牛娃忆，山高水远敬乡亲。

四

心牵百姓费苦辛，披荆斩棘与民亲。
深情厚意诗鱼水，汗雨山花四时馨。

五

悟牛斋里诗咏牛，千辛万苦竞风流。
难忘沃土曾荆棘，豪情激荡不惧愁！

六

劳动者众入诗中，情系辛苦农民工。
血浓于水千行泪，冷暖牵心有为公！

七

诗记伟人故事长，忧民忧国风采扬。
历史瞬间动妙笔，夙夜在公不觉忙！

八

改革云潮载丹青，拓荒艰难不惜耕。
血染风采入诗画，负重若轻词苑兴。

九

朝咏晚唱诗意浓，流水行云笔墨融。
厚德载物渊源远，清风雅韵信手成。

十

青山踏遍历坷平，诗人心中总晴明。
故乡他乡皆生动，一景一物总关情。

十一

诗韵词香妙笔成，鹏城楚地血汗融。
岁月如歌人不老，三卷大作溢真情。

十二

芝兰雅气四时馨，斯人放眼阅秋春。
格物致知风化雨，一片诗叶一片心。

十三

知时好雨润芳芬，风光无限动诗心。
驰骋纵横皆妙笔，一分收获十分辛。

十四

情深意切耕诗田，先生植根更思源。
尽写天下百姓事，春风载满清新还。

十五

诗家柔情似水深，老牛舐犊语丝真。
词花墨影清平乐，多少热忱系冰心。

十六

东西南北皆入诗，远山近水心相依。
风光无限诗无限，求真求美更求知。

十七

挥杆潇洒心自如，天蓝地绿诗韵流。
融入自然怀广阔，包罗万象共雅俗。

十八

吟诗作赋多友朋，唱和填词华彩煌。
满眼春光流雅韵，平仄常依绿水长。

十九

词牌信手妙语馨，行云流水入我心。
融珍汇雅多记忆，先生勤奋悟道深。

廿

诗田耕耘六十春，累累硕果溢芳芬。
山青水远松柏劲，高风亮节字句珍。

廿一

岁月如歌岁月悠，风光无限放眼收。
因有活水诗田润，亦辛亦乐写春秋。

廿二

胸有经纬笔如椽，心底无私履波澜。
诗抒情感尤言志，东风如意墨香缘。

廿三

海纳川流任从容，诗园又绽百花荣。
襟怀朗气抒畅笔，燕舞莺歌咏晴明。

廿四

心依淡泊字句香，由之妙笔写诗章。
传薪溢雅无雕饰，自然无痕信弛张。

廿五

浑然大气笔触雄，亦诗亦词寄豪情。
壮丽山河收眼底，几多风雨伴君行。

廿六

博学多才自诗人，联珠妙语展精神。
掩卷犹品清逸雅，秋水词章不染尘。

廿七

日积月累着华章，韶文雅隽写柔刚。
笔墨精良人生乐，诗意满眼莫相商。

廿八

春华秋实系美文，绝句佳辞涌风云。
多少故事写生动，先生原本是诗人！

廿九

欣读大作倍感亲，场景多幅动我心。
笔畅源于生活历，谈笑风生写实真！

卅

拜读大作仰诗才，清风徐徐入襟怀。
万千气象万千写，高格隽永源源来。

（郑朝权，男，辽宁新民人。原为新民市委书记、沈阳市司法局局长，诗家。）

拜读厉有为《悟牛斋诗词》感赋

◎刘永和

悟牛斋集墨飘香，言志抒怀厚德扬。
十堰东风成硕果，鹏城孺子创辉煌。
一身正气私权淡，两袖清风社稷昌。
谁道诗坛无佳句，厉公巨作有华章。

临江仙•敬厉有为先生

◎刘永和

饱学经纶豪气壮，武当山下征鏖。旌旗漫卷
地天摇。秦巴披日月，楚汉竞英豪。

奉命新征肩重任，南疆粤海惊涛。艨艟破浪
起春潮。一生勤政事，三卷韵风骚。

2016年6月7日

（刘永和，男，1953年8月生，湖南郴州人。现为深圳诗词学
会、香港诗词学会、全球汉诗学会深圳分会会员。）

捧读老书记有为先生
《悟牛斋诗词》感怀

◎周松文

悟牛集萃写春秋，汗洒征途足迹留。
情系拓荒扬雅韵，诗成笔落豁如道。

（周松文，男，退休干部，现为深圳诗词学会理事、中华诗词学
会会员。）

悟牛感吟六首

◎徐宗驹

一

犁开红土地，遍种杜鹃花。
布谷声声里，燕回康乐家。

二

天赋神通力，当知耕种难。
为何香辣远，只许草根寒。

三

野牛山上走，回首望家园。
改革新人富，放开吾亦闲。

四

劳作一身汗，游缰片刻闲。
慢嚼青稻草，百事不相关。

五

无为山水有为田，劳逸相生年复年。

应笑贪婪猪命短，不知栏外有青天。

六

常走田园筋骨健，轻磨稻草齿根香。

偶因世事气红眼，哞的一声天地长！

（徐宗驹，男，1957 年生，湖北大悟人。深圳市诗词学会驻会副秘书长、中华诗词学会会员、中国楹联学会会员。）

贺厉有为先生《悟牛斋诗词》出版发行

◎吉学锋

开放前沿孺子牛，诗词歌赋锦篇留。
剑胆琴心多卓识，柔情铁汉系民忧。
遣词造句抒胸臆，调韵和声互唱酬。
今日丛书欣面世，壮心不已上层楼。

（吉学锋，男，1944 年 8 月生，扬州市政协之友社秘书长、扬州市老年书画家协会理事、扬州市诗词协会理事，中华诗词学会会员。）

读《悟牛斋诗词》得句兼贺
老年大学成立 30 周年

◎邓荣森

退轭松缰何所求？痴心不减拓荒牛。
悟谁有斋终无价，乐在南山总放喉！

（邓荣森，男，1947 年生于马来西亚，原籍广东梅州五华，深圳诗词学会常务理事、香港诗词学会常务理事、长青诗社顾问、深圳市作家协会会员。）

读厉有为先生《悟牛斋诗词》

◎杨桂霞

一

家贫自小牧耕牛，暮雨晨风过垅头。
负轭扶犁开热土，持躬稼穑为民谋。

二

大田耕罢垦诗畴，撷玉联珠大有收。
翠阁玲珑吟友聚，一挥词笔洒风流。

2016 年 6 月

（杨桂霞，女，1932 年 11 月生，广州市人，深圳企业退休干部。现为中华诗词学会、广东诗词学会、深圳诗词学会、香港诗词学会会员，满庭芳女子诗社成员。）

读有为《悟牛斋诗词》感怀

◎罗斯华

一

悟牛三卷播神州，锦绣河山笔下收。
博大精深呈气派，文光万缕耀春秋。

二

立说著书广众崇，弘扬国粹建新功。
唐音宋韵流千古，孺子传承现彩虹。

三

家国情怀笔激扬，诗潮荡漾振炎黄。
千歌万曲风骚赋，璀璨珠玑代代昌。

（罗斯华，男，广东三水人，退休干部，中华诗词学会、广东中华诗词学会、深圳作家协会、深圳诗词学会会员。）

拜读厉有为《悟牛斋诗词》有感

◎陈遇胜

寒门学子读书娃，刚直有为政治家。
十堰爱民流血汗，车城创业献心花。
楚天开拓传佳话，粤海冲锋震迩遐。
拼搏顽强无恐惧，蚕丝吐尽众人夸。

（陈遇胜，男，广东开平市人。中华诗词学会、深圳诗词学会、香港诗词学会会员。）

喜读《悟牛斋诗词》

◎刘吉龙

大有作为惊九州，万家忧乐挂心头。
骚坛紧握怜民笔，政界勤思治国谋。
血路杀开寻富矿，春风引领造芳洲。
拓荒伟业传千古，千古难忘醒悟牛！

（刘吉龙，男，深圳四海情诗社社长。）

憨牛有为

◎杨文才

任降憨牛扛大旗，奋蹄突破社资篱。
万方经纬筹中运，一夜鹏城天下知。
尝蟹先临风浪口，垦荒首挺铁腰椎。
渔村今胜曼哈顿，四海争传孺子碑！

（杨文才，男，惠来籍深圳人。广东省政协书画会副秘书长，中华诗词学会理事、研修中心导师，深圳市诗词学会常务副会长。）

读《悟牛斋诗词》

◎叶文范

　　有为于天，无为于法，同把特区声援。民生大计，记挂心头，都在一时分遣。肺腑行吟，云梦听涛，找寻焦点。立浪尖风口，谒来巡抚，气盈箫管。

　　凭啸傲、血路冲开，东风助阵，劳作不知疲倦。梧山项背，回望梅沙，潮汐更加强悍。知险仕途，若悟孺牛，亦成三谏。料从头越者，取厉仍如取锻。

2016 年 6 月 1 日

　　（叶文范，男，1952 年生，祖籍福建永春，现居深圳。深圳诗词学会副会长、深圳长青诗社名誉会长、武进南风词社顾问。）

行香子·《悟牛斋诗词》感赋

◎马星辰

清切亲民，斩浪披云。慢凝眸，青史留痕。政坛翘楚，诗界奇人。醉调平仄，押高韵，忘晨昏。

诗词三卷，家国情真。任人品，句句甘醇，行间字里，清气氤氲。看江山秀，海天阔，物华新。

（马星辰，女，吉林人。深圳长青诗社副社长、世界华文诗词学会名誉会长、全球汉诗总会深圳分会副会长、香港诗词学会常务理事、满庭芳女子诗社副社长、深圳诗词学会理事、中华诗词学会会员、广东诗词学会会员。）

俚句报厉老

◎马家楠

　　顷承厉老见惠其诗词集，奈余目患重症，不能细读，无以奉评。因念厉老退休而后曰事吟哦，不亦韵乎。咏为小诗，庶可回馈些许，盖入诗一也。

> 长青有诗社，无处可办公。
> 赁屋寸金地，囊涩价则雄。
> 民间社团耳，力财两不功。
> 佳音惠然至，额首仰苍穹。
> 公园八角楼，掩映花木中。
> 无偿任其用，鱼鸟得海空。
> 每当搞活动，心暖步匆匆。
> 遥瞻眼一亮，拂面受春风。
> 梯旋百感翻，窗敞四望通。
> 吟友纷然集，把茗陈其衷。
> 争说掘井人，厉老一诗翁。
> 我今报以诗，句成意无穷。

　　（马家楠，男，上海人，1942年出生，1984年执教于深圳大学文学院，直至退休。）

拜读厉有为方家诗词大作感怀三首

◎韩志成

一

欣然读得厉公诗，启我心扉润我脾。
丽句清辞扬浩气，民瘼国是寄深思。
三千世界怀中揽，四面长风岭上吹。
霖雨苍生酬壮志，雄才伟略树丰碑。

二

千钧重任落公肩，一睨英豪敬肃然。
耕野拓荒情不已，为民请命意尤虔。
金风始渡伶仃海，铁笔时书社稷篇。
激浪扬波生壮概，难能最是弄潮帆。

三

雅韵纷从大化来，厉公诗萃喜新裁。
辽河岸畔雄风起，楚域鹏城妙笔开。
岂独陶翁吟遁世，依然屈子赋骚台。
铿锵玉振惊天地，别样情怀动九垓。

（韩志成，男，1954 年生，内蒙古通辽市人，现居北京，中国诗词学会会员。）

读厉有为先生《悟牛斋诗词》

◎古求能

新书捧读泪双流,海样情怀一卷收。
猛忆特区前夜曲,至今犹念拓荒牛!

（古求能，男，梅州五华人，曾任梅州市作家协会主席、梅州市文联常务副主席，现任广东中华诗词学会常务副会长、《当代诗词》主编。）

读厉公诗词集

◎陈作耕

三千雅韵记春秋，气正心宽不染愁。
语出尤关强国梦，情深早做拓荒牛。
为民请命登峰顶，除弊求新立浪头。
踏遍青山诗兴好，临风高唱大江流。

（陈作耕，男，1945年12月生，历任中共深圳市福田区委常委，深圳市工商业联合会副主席、巡视员，深圳市总商会副会长。著有诗词《情怀集》。）

《悟牛斋诗词》读后

◎姚作磊

三册芸笺置案迟，公余会暇尽成诗。
宏裁毕见卅年后，血路偏逢百劫时。
欲垦春泥化金浪，曳来清气漾吟池。
甘棠蔽芾涂歌起，雨露苍生情满卮。

（姚作磊，男，全球汉诗总会深圳分会顾问、香港诗词学会副会长、深圳长青诗社副社长兼《长青诗刊》副主编。）

读《悟牛斋诗词》并呈厉有为先生

◎郑欣淼

初鸣汉江畔，深圳一旌擎。
诗什留心迹，口碑传政声。
游踪双目远，感事百端生。
且看斜晖里，悟牛犹力耕。

（郑欣淼，男，陕西省澄城县人，生于 1947 年 10 月。任故宫研究院院长、中华诗词学会会长、中国紫禁城学会名誉会长。曾任青海省副省长、国家文物局副局长、文化部副部长等职。先后出版著作 20 余种。）

临江仙

◎罗澄清

报国献身忘自我，浪尖风口当先。为民解难
夜无眠。清风存两袖，温暖送民间。

爱与诗词常作伴，以诗会友随缘。责无旁贷
助诗坛。吾人能有幸，促膝有高贤。

（罗澄清，男，出生于江西萍乡，1998年退休后定居深圳，为深
圳华侨城诗书画院创办人之一，任常务副院长兼秘书长。曾任深圳
市长青诗社副社长，现任《长青诗刊》编委。）

后　记

是党把我由一个放牛娃培养成一个大学生，再培养成为国家干部。这个党是干什么的呢？在我幼小的心灵里就种下了这样的观念：共产党是为老百姓谋利益的！在我成了中国共产党的一员之后，特别是党赋予我能力为老百姓服务的时候，我时刻不忘这一宗旨。我学习、工作中的点滴成果都是这一宗旨赋予的，我首先感谢党的培养教育之恩！

我学习、工作的岁月是激情燃烧的岁月，是这个激情燃烧的岁月，点燃了我胸中的火焰，迸发出学习、工作的熊熊烈火。我要感谢这个时代之恩！

我在学习和工作中，都得到父母和家人、老师、同学、同志、朋友、诗友、球友、网友及领导的培养、关心、支持和帮助，没有他们，我将一事无成，我要感谢他们的友爱、提携之恩！

党的宗旨是我一生的精神支柱，符合这一宗旨的，我就去追求、去探索、去拼搏；违背这一宗旨的我就去反对、去斗争。为了国家和民众利益，我把个人安危置之度外！我的诗词是诗词界的草根阶层、业余水平，是社会的印记、生命的行踪，是我人生价值取向的真实写照。在我的诗词中，时而赞喻、时而高歌、时而低吟、时而欢乐、时而诉怨、时而切磋，都离不开这一宗旨。

"悟牛斋"是佛学大师本焕百岁时给我书房起的雅号，并书写"悟牛斋"三个大字赠我，这就是《悟牛斋诗词选及诗评》名称的来历。

对于我这个不会唱歌、不会跳舞、不会吸烟、不懂品茶、不善交际的人来说，在工作之余，读书和学诗是最好的补偿和最大的乐趣。于是我成为诗词爱好者，喜欢读一些古诗词和现代好诗，如贺敬之的长诗《雷锋之歌》，我可以全篇背诵。我也学着写一些古诗词，由于工作紧张的关系，随写随丢，尤其是"文化大革命"中的1967年，我在武汉汉口中山大道老工商联大楼参加筹建中国第二汽车制造厂工作时，武汉的"某某造反兵团"为了抢占这个汉口的制高点，把我带到武汉的几箱书籍、笔记本和生活用品全部抢走，并把我们扫地出门！因此，那时写的诗词草稿保留下来的不多。在那之后，又陆续写了一些。

退休后，李瑞环主席送我一副对联："闲无事自己找乐；为健康注意吃喝。横批：剩闲之道。"找什么"乐"呢？首先，扶贫帮困是一大乐事。于是我继续为贵州省黔南州三都水族自治县的脱贫，尽绵薄之力；帮助大慈善家余彭年先生策划了为白内障患者恢复光明的"光明行动"，得到吴仪副总理的批示和卫生部的支持，在全国各省、自治区开展"光明行动"，治愈白内障患者近40万例。

其次，是收集整理我以往写过的文章，出版了《厉有为文集》。我费很大力气才搜集到一部分文章，大部分文章散失了！后来鲁毅同志帮助我又收集了一部分。文集分上下册，上册"施政篇"，下册"议政篇"，已经出版发行。文集出版后，在"十八大"之前，我又经过学习、思考和研究，写出了《关于政治体制改革若干问题的思考——时间就是生命，改革就是图存》一文。文章在《经济导报》上发表之后，海内外反响巨大。思考问题、著写文章，是我防止老年痴呆的良药，我乐此不疲。

再次，我集中精力和时间收集、整理和修改我残留下的诗词草稿，同时进一步学习诗词格律和写诗、填词。这也是一件乐事。特别是我与深圳长青诗社的一些退休的老诗友为伍以后，请他们为导师，如请王敏健老师用手机为工具对我进行辅导，发我诗词讲义。王敏健老师和吉增伯老师还赠送我诗词工具书，使我的诗词格律水平有了提高。我整理过去的诗词和新写的诗词请陶涛老师、王敏健老师、林钖彬老师等人修改，与诸多诗友唱和并请他们斧正。在我创作的诗词中有诸多诗友的心血，值此，对这些老师、诗友表示诚挚的感谢！

再者，与牛为友是一件最大的乐事。30多年来我一直在收藏牛雕、牛绣、牛画等关于牛的工艺品和关于牛的诗文，同时也写一些关于牛的诗词和回忆牧牛时的诗词。以牛的无私奉献精神激励自己、鞭策自己，弘扬深圳拓荒牛精神。"牛悟我来我悟牛，苦做一生热汗流。鞠躬尽瘁为大众，骨角皮肉不曾留。一悟再悟天天悟，一修再修日日修。悟得牛品多奉献，修得人生少烦忧。"……我动员关山月先生把毕生画作捐献给了深圳市政府，我学习关老的精神，把我收藏的牛雕等工艺品1500余件全部捐献给深圳市政府。深圳市政府档案局决定建立并由李瑞环主席题写馆名的"拓荒牛馆"即将开放。

最后，就是参加体育运动，以走路和打高尔夫球为主。这是既能健身强体，也能愉悦心智的一大乐事。有一大批球友经常同场竞技交流，结下深厚友谊，有时边挥杆边行吟，其乐无穷！

由周笃文老师写序、中华诗词学会编辑、中国书籍出版社出版的《悟牛斋诗词》诗稿卷、词稿卷、新诗稿卷于2016年初出版后，得到诗词界前辈、诗词评论家和诗友们的诗评和文章点评。他们把我的诗词放到诗词理论的框架内，加以评判，使我对诗词的理论认识有了提高，受益匪浅。值此，对他们表示衷心感谢！

不久前，深圳市文体旅游局局长张合运，《深圳特区报》社社长陈寅，深圳市文联副主席梁宇，深圳出版发行集团总经理尹昌龙，海天出版社社长聂雄前、副总编辑于志斌，特区报业出版社社长胡洪侠，深圳诗词学会会长林钖彬，深圳长青诗社社长陶涛等同志参与组织策划，由陶涛老师亲自作序的《悟牛斋诗词选及诗评》出版，包括格律诗篇、词篇、新诗篇和诗评篇。这次出版一是把前版的诗词删减了大部分；二是对个别诗句做些修改；三是增加了第一次出版后新写的诗词。

这部诗词集能够出版要感谢深圳市委宣传部的关心，感谢市文体旅游局、市文联、深圳特区报社和深圳广电集团的支持，感谢海天出版社的全力运作，更要感谢为此诗词集出版付出辛勤劳动的林星海等诸位朋友！

是领导、诗友和朋友的全力相助才有此书的出版，值此，一并表示感谢！

厉有为
2017 年 9 月